KB069968

굿이뻥,
페귄

굿바이, 펭귄

김학찬 장편소설

차례

1

내 이름은 펭귄

 십삼 년 동안이나 숨어 살고 있었다.

 열세 살, 펭귄이 눈을 떴다.

 숨기는 뭘 숨어. 부신성했던 거지. 펭귄은 아무 문세 없이 착실했다. 가끔 밤에 누수가 일어났지만 큰 문제는 일으키지 않았다. 소금쯤이야 얻어올 수 있었다.

 다만 몰랐던 것뿐이다. 착실한 것들은 눈에 띄지 않으니까. 착실한 것을 몰라봐주는 사람들에게 지옥이 예비되어 있으리니. 펭귄은 볼 줄 모르는 사람들을 벌하러 지옥에서 왔다. 펭귄이 깨어난 후 나는 행복했던 낙원에서 추방되었다. 죽기 전까지는 낙원으로 돌아갈 수 없겠지.

 모든 사람들은 펭귄을 처음 보면 당황한다. 난감해하기도 하고. 차이는 있지만 빠르면 열 살부터, 늦어도 열다섯 살이 되면 펭귄을 보고 경악한다. 남자보다 여자가 조금 더 늦을 수는 있겠지만 누구도 펭귄을 피하고 살 수는 없다. 펭귄 한 마리쯤은 누구나 품고 있다. 아직 못 봤거나, 보고도 몰랐을 뿐이다.

펭귄은 흉측한 외모와 통제 불가능한 성질머리를 가졌다. 문제는 이게 자신의 일부라는 것. 미워도 오른손이고, 작고 흐리멍텅해도 내 눈이다. 온몸이 지옥에 가는 것보다 죄를 저지른 오른손을 자르는 게 낫다지만, 그건 천국에 갈 때 이야기다. 어차피 지옥에서 살아야 한다면 오른손이라도 있는 편이 견디기 낫다. 인정하자. 우리의 펭귄을.

그러니까, 인사를 하자.

"안녕, 펭귄."

*

펭귄이라고 하자. 있는 그대로 함부로 부르면 욕처럼 들리니까, 펭귄이라고 하자. 가끔 입에 좆을 물고 다니는 사람들이 있는데, 앞으로는 부드럽게, "오늘 기분 참 펭귄 같네"라고 하자. 오랜 옛날, 펭귄을 대신 부르기 위해 비유와 상징이 고안되었다. 존재하지만 부를 수 없는 무엇은 언제나 있다. 펭귄을 펭귄할 수 없으니까, 펭귄이라고 하자.

하루에도 몇 번씩 만지고, 닦고, 대부분 잘 닦지는 않지만, 텔레비전을 보면서 아무 생각 없이 바지춤에 손을 넣어 주물럭거리는, 펭귄. 정신을 차려보면 오른손은 자고 있는 펭귄을 쓰다듬고 있었다. 이름이 없는 것들은 없으니까, 펭귄에게 적당한 이름을 지어주어야 마땅했는데, 역시 펭귄이 좋아 보였다. 펭귄은 검고, 미끈하고, 어쩐지 따뜻해 보이고, 은근히 귀여운 면도 있으니까. 펭귄 인형은 잘 팔리고, 잘 찾아보면 펭귄 장식 하나쯤은 모두 갖고 있으니까. 좆같은 새끼라는 말을 들으면 화를 내겠지만 펭귄 같은 새끼라면 칭찬인가 싶겠지.

*

내가 펭귄을 바라보면 펭귄도 나를 바라본다.

동화 속 악마처럼 펭귄은 갑자기 눈을 떴다. 슬며시 눈을 뜬 아기펭귄이 발그레한 얼굴로 나를 바라봤다. 어쩐지 음흉해 보이는 홍조였다. 침은 왜 흘리는 거지? 아기라서 그런가? 동물은 사람보다 빨리 성체가 되고, 펭귄이 아기였던 시절은 단 하루에 불과했지만, 처음 봤을 때는 분명 아기펭귄이었다.

사실 그때 펭귄이 처음 눈을 뜬 것인지, 눈뜬 펭귄을 그때 처음으로 본 것인지 잘 모르겠다. 펭귄은 나를 보며 고개를 끄덕였다. 까딱 까딱. 이리 오라는 손짓 같기도 하고 이리 와 봐, 형이 뭐 물어볼 게 있어서 그래, 하는 오락실 깡패 같기도 했다.

급하게 고개를 들었다. 뭔가 어색했다. 가벼운 현기증도 났다. 오줌도 조금 마렵고. 바이킹을 타는 것 같았다. 바이킹이 내려갈 때 허리 아래에서 느껴지는 좋고도 싫은 느낌. 어린이 날에 처음 탔던 바이킹은 정말 재미있었지. 바이킹 또 타고 싶다. 바이킹 생각을 하다 보니 학교 운동장에는 아무도 없었다. 아무 생각 없이 다시 바지 앞섶을 슬쩍 당겨봤다. 기립 자세의 펭귄이 씩씩하게 인사를 했다.

"굿 이브닝."

오 분 전에 국기게양대에서 태극기가 내려갔다. 펭귄의 인사는 정확했다. 하던 일을 멈추고 당장 국기에 대한 경례를 하지 않으면 경찰이 잡아간다고 배웠기 때문에 불경하게 바이킹 생각을 했던 게 잠깐 마음에 걸렸다. 보이스카우트는 언제 어디서나, 누가 보건 보지 않건 행동을 바르게 해야 하는데.

굿 이브닝이라니. 얼마 전에 친구한테 굿 모닝과 굿 애프터눈을 배웠는데.

펭귄은 해맑게 웃더니 금방 사라졌다. 만화에서 총에 맞고 녹아내리는 괴물처럼 스르르르. 팔이나 다리가 줄어드는 일은 없으니, 몸이 몇 배로 커졌다가 줄어드는 모습은…… 이게 바로 변신인가? 역시 나도 언젠가는 변신을 할 수 있을 줄 알았어! 펭귄이 서 있던 자리에는 익숙한 고추가 남아 있었다. 줄어든 고추를 보자 아차, 〈철인 28호〉! 빨리 집에 가야 〈철인 28호〉를 볼 수 있었다. 펭귄이 궁금하긴 했지만, 남자라면, 일단은 〈철인 28호〉였다.

*

남자는 펭귄과의 첫인사를 기억하지 못한다. 증거가 없다. 여자는 이차성징을 생리를 통해 기억할 수 있다. 자고 일어났더니 이불에 피가 묻어 있다거나, 화장실에 갔더니 팬티에 꽃이 피었다는 것인데, 명백한 당황을 통해 어른이 되어간다는 것을 안다. 물론 수십 년 동안 매달 일수일씩 죽을 고통에 시달리는 건 부럽지 않다. 생리에 비하면 발기와 사정은 편하고 기분 좋은 것이다.

남자에게 첫 생리는 발기일까? 발기는 갓난아이도 한다. 단단한 발기? 어른이 되었어도 물렁한 펭귄을 가진 사람들의 울음소리가 들린다. 강직도를 기준으로 첫 발기를 따질 수는 없다. 사정은? 발기와 무관하게 사정할 수도 있다. 발기를 한다고 해서 사정하는 것은 아닌데, 사정에 꼭 발기가 필요한 것은 또 아니다. 명제가 참이라고 그 역까지 참은 아니듯이. 그런데 대체로 발기를 하고 충분한 자극을 받으면 사정을 하기는 한다.

발기고 사정이고 남자는 인지하지 못한다. 어느 순간 문득 펭귄과 손을 잡고 걸어가는 자신을 발견하게 된다. 첫 사정은 암묵적이다. 가족들이 첫 생리를 시작한 딸을 축하하는 일은 텔레비전 광고에서라도 있지만, 첫 사정을 기뻐하는 모습은 상상도 해본 적 없다. 생리는 성숙의 신호다. 그러나 사정은 이제 밖에서 무슨 짓을 하고 다닐지 모르는 놈이 되었다는 증거다.

남자에게 첫 사정을 물으면 대부분, 글쎄. 혹시 자신의 첫 사정을 침착하게 설명하는 남자를 만나고 있다면 진지하게 고민해보기를 권한다. 남자는 시나브로 펭귄에게 잡아먹히고, 먼 훗날 펭귄의 지배에서 놓여난 뒤에야 아, 내 첫 사정은 뭐지? 하면서 기억을 돌려본다. 소용은 없다. 이미 펭귄이 전두엽과 후두엽을 파먹은 뒤니까. 대체 생각이란 걸 하는지 의심스러운 남자가 주변에 있다면, 정확하게 본 것 맞다. 그들은 사춘기 이후 펭귄으로만 사고한다.

펭귄의 인사는 다른 남자들에게는 없는 나만의 아주 특별한 기억이다. 60억 인구의 드문 생존자로서 이 기억을 증언해야 할 책임을 느낀다. 힘겹게, 앞뒤도 안 맞는 기억을 짚어가며, 펭귄에 대해 폭로해야만 한다. 세계 30억 마리 펭귄의 실체, 그들의 풍성한 음모, 그들과 이야기하면서 알게 된 것까지.

오해는 하지 말자. 펭귄을 만나자마자 싸지는 않았다.

*

"밥 다 됐다."

엄마의 밥 다 됐다는 말을 번역하면, 된장찌개에 넣을 두부
는 아직 썰지도 않았다는 뜻이다. 텔레비전 만화영화를 다 보
고 밥상에 앉았다. 아빠는 근엄한 표정으로 양반다리를 하고
앉아 석간신문을 읽고 있었다. 아빠가 진짜 신문을 읽고 있는
지 궁금했다. 우리 편이 이길 때 신문을 쥔 아빠 손에도 힘이
들어갔으니까. 누나는 투덜거리며 코끼리 보온밥통에서 밥을
뜨고 있었다.

믿기 힘들겠지만, 맞벌이를 하지 않아도 가족이 먹고살 수
있었다. 이제는 가족 모두 벌어도 먹고살기 힘들지만, 두 사람
이라도 취직하는 것부터가 어렵지만. 학교에서 부모님 직업을
조사하면 엄마 직업으로 '가정주부'가 제일 많았다. 저녁이 되
면 아이들은 집에 가서 밥을 먹었다. 밥때가 되면 놀이터에서
놀던 애들도 다 집에 들어갔다.

된장찌개 옆에는 가지나물이 있었다. 하필이면 내 밥그릇
앞에. 가지는 싫은데. 가지는 길고, 가지는 보라색이고, 코끼리

밥통에 그려진 코끼리 아저씨는 코가 펭귄 같았고, 그래서 펭귄처럼 보이는 가지가 담긴 접시를 슬쩍 밀어내면서 말했다.

"엄마, 아까 운동장에서 고추가 딱딱해졌어."

예나 지금이나 말을 할 대상이나 장소를 잘 못 고른다. 물론 해야 할 말도 잘 못 고르고. 말을 해서 이득을 본 경우는 거의 없었다. 말은 대체로 하면 할수록 손해였다. 어디서나 입 다물고 헤헤 웃는 습관을 진작부터 맞아가며 들였다. 떠드는 건 내가 아니라 선배고, 상사고, 사장이고, 어른이고, 한 살이라도 더 먹은, 스스로를 형이나 오빠라고 부르라는 사람들의 몫이었다.

열 살, 아니 다섯 살만 더 먹고 열여덟 살쯤 엄마가 아닌 다른 여자에게 말했다면 섹시해 보일 수도 있겠지. "후우, 아까부터 나 이미 충분히 아주, 아주아주 말이야……" 그날 밤은 유치장에서 보내게 되겠지만. 다시 한 번 말하지만, 말은 대체로 하면 할수록 손해다.

언젠가 무심코 "엄마, 국이 너무 짜, 씨발"이라고 했을 때보다 밥상이 더 싸늘해졌다.

누나가 씹던 밥알들은 아빠 얼굴이 대신 씹어야 했다. 두 살 더 많은, 나랑 노느니 공부하는 쪽을 선호하던 누나는 밥을 뿜는 것으로 발기에 대해 알고 있다는 걸 들켰다. 내 입에서 별의별 헛소리가 나와도 참을성 있게 대답하던 엄마는 젓가락으로 된장찌개를 뜨려고 했다. 역시, 화선지에 가훈을 쓸 줄 아는, 가장인 아빠만 놀라지 않았다. 쓸 때마다 가훈이 조금씩 바뀌는 건 나중에 알았다. 아빠는 어디까지나 내 말은 '엄마'에게 한 것이기 때문에 못 들었다는 듯, 태연하게 숟가락을 계속 놀렸다. 얼굴에 붙은 밥알을 떼지도 않았다. 아빠의 숟가락에 엄마가 아빠를 노려보는 모습이 비쳤다.

잠깐 철인 28호 이야기부터 하고 넘어가자.

*

당시 텔레비전 만화가 다 그랬듯이, 〈철인 28호〉도 일본 만화였다. 일본 만화가 다 그랬듯이, 철인 28호도 남자아이들의 마음을 사로잡았나. "철인 이씹쌀호"라고 외치면 기분이 좋아졌다. 힘도 세지는 것 같았다.

지금 찾아보니 문제가 있는 만화였다. 대체 방송국 심의를 어떻게 통과했지?

철인 28호는 제2차 세계대전 때 연합군을 상대하기 위해 만들어진 거대 로봇이다. 철인 1호부터 시작해서 28호째가 되어서야 제대로 완성되었지만, 로봇을 가동하기 직전 연구소가 파괴되어버린다. 비장의 무기 철인 28호가 없었던 일본은 제2차 세계대전에서 패배한다. 천만다행이다. 대한독립만세.

다시 깨어난 철인 28호는 세계를 정복하려는 정체불명의 악당들에게 맞서 싸운다. 아무리 악당에게 맞서 싸운다고 해도 일본의 전쟁 미화나 재무장의 욕망이 느껴진다. 철인이라고 하니까 아동들에게 힘을 주는, 철인3종경기처럼, 스포츠의 일종으로 이해한 것일까. 아동들이 다 철인이 되기를 바랐을지도 모르겠다. 보기는 보고 심의했을까. 심의위원들 머리에도 펭귄이 들어 있었나.

철인 28호는 화려하지 않았다. 촌스러워 보일 만큼 단순한 검정색 무쇠 로봇이었다. 검고, 매끈한, 거대한 펭귄 같았다.

철인 28호의 인기는 조종 방식에 있었다. 단순한 합체 로봇은 시시했다. 우리 로봇은 항상 정의의 편이었고, 싸우면 지지 않았고, 이기는 쪽은 착한 쪽이었고, 시련은 그리 길지 않았고, 이번 화에서 쓰러지고 애태우더라도 다음 화에서는 반드시 이겼다. 로봇 만화의 규칙이었다. 주인공에게 정정당당하게 싸워야 한다고 참견하는 로봇도 있었다. 젠장, 로봇마저 잔소리라니. 진작 필살기를 쓰고 빨리 이겼으면 시민들 피해도 없는데.

다른 로봇들과 달리 철인 28호는 스스로 움직이지 않았다. 007 가방을 닮은 특수 리모컨으로 원격 조종해서 싸우는 로봇이었다. 정의의 마음은 항상 승리한다, 참고 싸우다 보면 이길 수 있다는 식의 잔소리도 하지 않았다. 악당의 손에 넘어가 우리 편을 공격하기도 했지만, 독일이 통일되고 소련이 붕괴하던 시대였기 때문일까, 우리는 무심한 철인 28호에게 반했다. 명확하게 선과 악을 구분할 줄 아는 다른 로봇과 달리 철인 28호는 판단도, 답도 내리지 않았다. 특수 리모컨을 빼앗기자 철인 28호는 망설임 없이 우리 편을 공격했다. 나는 선악 구분 없이 그저 강한 철인 28호에게 매료되었다.

물론 철인 28호가 메이드 인 코리아인 줄 알았다.

*

생긴 모습으로 따지면 펭귄이 철인 28호고 내가 주인공이 되어야겠지만, 현실은 펭귄이 주인공이고 내가 철인 28호였다. 특수 리모컨은 펭귄이 들고 있었다.

펭귄은 무슨 속셈으로 "굿 이브닝"이라고 했던 걸까. 그때부터 펭귄의 식민지가 될 줄이야. 아빠가 식사 후 아무 말 없이 누나가 뱉은 밥알을 천천히 닦아냈던 것은 아들이 남자의 숙명에 동참하게 된 것을, 펭귄 앞에 내동댕이쳐진 것을 이미 알고 있었기 때문일까. 아빠도 철인 28호 중 하나였을 테니까. 아빠도 〈철인 28호〉를 같이 봤으니까.

"그건 네가 건강하다는 뜻이란다."

자기 전, 엄마가 우리 방에 들어와 손을 꼭 잡고 말했다. 구성애 아줌마도 없었고, 성교육이 제대로 될 리는 없었고, 어쨌든 성교육도 교육이고, 그때나 지금이나 교육이 제대로 될 리는 없었다. 아니다. 교육이 제대로 되는 날은 모두가 입을 닥치는 때다. 교육이 잘못되었다고 말할 수 있을 때가 좋은 때다.

"나팔꽃 알지? 그러니까 나팔꽃을 닮은 나팔관이……."

열세 살은 정자와 난자가 만나 수정란이 되고 나팔관을 올라가 착상한다는 내용을 이해할 수 없었다. 난 나팔관이 없는데.

엄마 나름대로는 고심한 말이겠지만 졸렸다. 궁금했던 것도 아니고 대답을 듣고 싶었던 것도 아니었다. 펭귄을 봤지만 펭귄을 보고도 펭귄에 관심이 없었다. 중요한 건 철인 28호니까. 엄마는 내 작은 손을 만지작거리며 몸의 변화는 자연스러운 것이라는 이야기를 했다. 내일부터는 달리기와 줄넘기도 열심히 해야 한다고 덧붙였다. 엄마가 나가고 누나가 방에 들어왔다. 누나는 이불을 펴면서 애한테도 똑같은 소리를 한다고 궁시렁거렸다.

그래도 엄마가 정색하며 야단치지 않아서 다행이었다. 누나는 다음날부터 나를 불결한 민달팽이로 취급했다. 내가 지나가는 자리마다 끈적한 체액이 남는다고 여겼다. 같이 쓰는 방인데, 들어오면서 손수건으로 문고리를 잡고 마스크를 썼다. 갓 발기했는데, 남자의 발기를 이미 알고 있는 누나에게 민달팽이라고 불리다니. 대체 왜 겨울에 살충제를 뿌리는 거야. 그 것도 내가 앉았던 자리에만. 내 입이나 펭귄에다 뿌려대지 않은 게 다행이었다.

다음날 펭귄은 모습을 드러내지 않았다. 영리한 펭귄은 숙주가 큰 충격을 받지 않도록 배려했다. 다음날 새벽 숙주가 깨기 전 펭귄이 잠시 모습을 드러냈을지도 모르지만, 어쨌든 자고 일어나자 지난 저녁 때 펭귄을 본 게 꿈같았다.

펭귄은 의지와 관계없이 움직이는 불수의근이다. 펭귄을 깨우지 못해 고생하는 남자들에게 잠시 묵념. 펭귄을 움직이기 위해 먹어치운 희귀한 정력제들에게도 묵념. 너희의 희생은 무가치한 것이 아니란다. 좁게는 한 개인의 기쁨, 한 가정의 평화, 넓게는 인류 보편의 안정까지. 얘들아, 너희는 분명 가치 있었단다. 그렇다고 치자. 사실 의학적으로 너희들은 소용도 없고, 그저 살육되었을 뿐이지만.

의식적으로 펭귄을 불러내려면 더 자라야 했다. 더 큰 힘에는 더 큰 책임이 따른다는데, 힘과 무관하게 펭귄은 나타나기도 하고 사라지기도 했다.

*

문제는 그다음 날이었다. 똑같은 상황에 놓였다. 운동장에서 정신없이 놀다 보니 국기게양대가 비어 있었다. 태극기도, 학교 교기도, 나머지 하나는 뭐더라. 게양대는 늘 셋이었는데. 빨리 뛰어가면 〈철인 28호〉를 볼 수 있었다. 누런 바지를 털다가 손이 어떻게 잘못 스치자 펭귄이 갑자기 깨어났다.

문제는 잘못 스친 손의 주인이 내가 아니라는 점이었다.

남자아이는 바지를 깨끗하게 털어야 엄마에게 혼나지 않는다는 것을 오백 번 이상 반복해도 모른다. 같이 놀던 친구가 털어줬다. 여자아이의 손이 펭귄을 깨웠다. 손이 바지 앞을 스치는 순간 펭귄이 느껴졌다.

아무리 머리를 쥐어짜봐도 왜 걔와 운동장에서 놀고 있었는지 기억나지 않는다. 여덟, 아홉 살이면 모를까, 열세 살의 남자아이와 여자아이가 운동장에서 그 시간까지? 왜 나는 모래투성이였지? 둘이서 씨름을 했을 리 만무하고, 축구는 더 말도 안 되고, 두꺼비집이라도 만들었나? 놀림감이 되는 게 싫어서 친하게 지내던 유치원 동창 여자아이도 초등학교 가면서부터는 모른 척했었는데.

"굿 이브닝."

펭귄이 걔에게 인사를 건넸다. 펭귄도 영어라고는 굿 이브닝밖에 몰랐다.

아무리 생각이 없어도 바지를 내리지는 않았다. 그러나 체육복 바지는 부드러웠고, 느슨했고, 펭귄은 힘들이지 않고 바지 아래에서 스스로 기지개를 켰다. 바지 부분이 솟아올랐다.

"어머, 바지 속에 강아지가 있었어?"

강아지라면 진작 꺼내서 같이 놀았지. 말할 줄 아는 강아지라니. 그것도 영어를, 이게 무슨 개소린가. 여자아이에게 펭귄의 말이 혹시 개소리로 들렸나. 펭귄을 꺼내 인사시켜야 하나 고민했지만, 나도 펭귄이 낯설었다. 잘 알지도 못하는 사람을 다른 누군가에게 소개하는 기분이었다. 두 분 서로 인사하시죠, 저도 이분을 엊그제 처음 뵈었습니다만…… 그렇다고 이대로 펭귄을 숨기고 있는 것도 예의가 아니겠는데. 이러지도 저러지도 못하는 사이 걔가 손을 뻗어 펭귄을 꺼내려고 했다. 강아지를 유난히 좋아하던 아이였다.

엄마는 현명하고 예의바른 분이었다. 아들이 당혹스러운 말을 한다고 소리를 쳐서 윽박지르는 엄마가 아니었다. 대신 시간을 가지고 천천히 아들에게 긴 설명을 하고, 성과 없는 설득을 택했다. 엄마의 교육 덕분에 동네에서 예의바른 소년이라는 평을 듣고 있었다. 상황을 침착하게 따져봤다. 인사를 건넨 펭귄, 갑작스러운 인사에도 불구하고 반가워하는 아이, 그렇다면 그 사이에 있는 내가 할 일은 자연스럽게 둘을 소개해주는 일이었다.

가만히 있는 것은 예의범절에 어긋났다. 누가 뭐라건 우리나라는 자랑스러운 동방예의지국 아닌가.

천천히 체육복 바지를 아래로 내렸다. 팬티도 내렸다. 엊그제처럼 기립 자세로 서 있는 펭귄이 있었다. 팬티를 벗는 건 부끄럽지만 예의를 지키는 길이라고 믿었다. 수치보다 예의가 더 중요하다고 배웠다. 거짓말은 나쁘다. 강아지라고 거짓말을 할 수는 없었다.

"강아지는 아니야. 참, 굿 이브닝은 영어로 좋은 저녁이라는 뜻이야. 구우웃, 이브니잉."

개에게는 좋지 않은 저녁이었다. 어려운 영어로 자신을 무시했다고 여겼거나. 어차피 크면, 중학교에 가면 다 배울 텐데. 재수없게 들릴지는 모르겠지만, 하긴, 조기교육이란, 누구나 받을 수 있는 게 아니니까. 개는 굿 이브닝의 굿이 끝나기도 전에 펭귄을 보고 굳어버렸다. 예의바른 보이스카우트 소년이었던, 그래서 절도 있었던 나는, 씩씩하게 펭귄을 개의 손에 쥐여줬다. 펭귄은 용감한 얼굴이었다. 개는 멍하게 펭귄을 흔들며, 펭귄과 악수를 했다. 펭귄의 데뷔 무대였다.

*

보이스카우트는 용감하다. 보이스카우트 연맹에 따르면 보이스카우트는 청소년들이 책임 있는 민주시민으로 지역사회, 국가, 국제사회에서 소임을 다할 수 있도록 개인의 정신적·신체적·사회적·지적 잠재력을 개발하고, 평화와 이해, 협조의 증진 아래 자연세계 속에서 개인의 인격을 도야하고, 사회발전에 참여하도록 유도하는 데 목적을 두고 있다. 용감한 보이스카우트의 전통은 일제강점기 때도 있었고, 한국전쟁 중에도 계속 이어졌다. 끝없는 긍정과 희망에 부푼 보이스카우트는 소년의 꿈이었고 조국의 희망이었다.

누군가 조국의 미래를 묻거든, 고개를 들어 보이스카우트를 보게 하라.

펭귄 때문에 보이스카우트의 평판은 그날 저녁부로 땅에 떨어졌다. 저녁 설거지가 끝나기도 전에 옆집 아줌마가 김치전을 들고 왔다. 어쩌다 보니 많이 부쳤다고, 그런데 혹시 소문 들었냐고. 희대의 소년 변태 이야기를 하며 아줌마는 숨넘어갈 듯 웃었고 엄마의 얼굴은 김치전을 닮아갔다. 일제에 의해 강제로 해산되었던 보이스카우트의 항일 역사도 도움이 되지 못했다. 아줌마는 빈 그릇은 이따 꼭 내 편에 보내라고 당부하고 갔다.

"지 아빠 닮아가지고, 뭐가 되려고 벌써부터!"

걔가 걸스카우트였다면 씩씩하게 펭귄과 인사를 나누고 아무 일 없던 것처럼 넘어갔을지도 모르겠는데, 아람단이었다. 돈 많은 집 딸이었나 보다.

아람단은 걸스카우트보다 입회비가 비쌌다. 제복을 입는다는 것, 어딘가 가입한다는 것 자체가 돈이 드는 일이었다. 보이스카우트고 걸스카우트고, 비싼 단복과 캠핑에 돈을 낼 수 있는 집이어야 들어갈 수 있었다. 보이스카우트의 꿈과 정신도 돈이 없으면 배울 수 없었다. 비싼 아람단은 더 귀했고, 전교에 서른 명도 안 되었으니 상위 삼 퍼센트였고, 보이스카우트와 아람단은 대체로 사이가 나빴다. 아람단은 보이스카우트를 무시했고 보이스카우트는 남녀 모두 가입하는 아람단을 사내답지 못하다고 여겼다.

보이스카우트를 배신하고 아람단과 놀아난 대가인가. 엄마는 고무장갑을 휘두르며 달려왔다.

엄마의 교양은 두껍지 않았다. 한 번이라면 현명한 어머니가 되기 위해 참을 수 있었지만 두 번은 어려웠다. 고무장갑이 주욱 늘어나면서 내 이마를 강타하고 다시 엄마 손아귀로 회수되었다. 따악, 착, 따악, 착. 숱하게 맞아봤지만 고무장갑으로 맞아본 것은 처음이었다. 고무장갑은 특유의 탄성으로 뒤통수로 날아왔다. 공기 중에 고무 냄새와 퐁퐁 세재 냄새가 확 퍼졌다. 본능적으로 머리를 감싸 안았으나 유연한 고무장갑은 짝 하고 얼굴에 달라붙어 선명한 붉은 자국을 남겼다. 뺨에 손자국이 나자 엄마도 움찔했다.

현명하고 예의바른 엄마도 매질은 했다. 매질을 하지 않는 부모는 드물었다. 현명한 어머니라면 마땅히 자녀를 적절하게 때릴 줄 알아야 한다고 믿었다. 때리지 않으면 자녀를 망친다고 생각했다. 학교나 가정이나 아무도 어른이 아이를 때리는 일이 잘못되었다거나 이상하다는 생각은 하지 못했다. 부모님이나 선생님들은 이를 꽉 물어가며 사랑의 매를 휘둘렀다. 부모님이나 선생님이나, 어른이나 애나, 모두 잘 때리는 법을 잘 알고 있었고, 잘 맞는 법도 잘 알았다.

누나는 나를 대형 민달팽이라도 보는 듯한 눈으로 째려봤다. 아빠는 집에 들어오자마자 달려드는 엄마의 잔소리에 얻어터져야 했다. 엄마는 동네 부끄러워서 못 산다고, 두 남자가 가서 알아서 해결하고 오라고 쫓아냈다. 아빠는 옷도 갈아입지 못하고 밀려났다. 내 얼굴에는 붉은 고무장갑 무늬가, 아빠 얼굴에는 어정쩡한 난처함이 가득찼다.

"가서 담배 한 갑만 사와라."

슈퍼마켓 아줌마는 나를 보자마자 웃었다. 정확히 무엇을 잘못했는지 몰랐다. 뭔가 사고를 쳤다는 것은 느꼈다. 얼굴이 화끈했고, 맞았다는 것은 뭔가 잘못했기 때문이었다. 잘못했으니까 맞았지. 맞았으면 뭔가 잘못했지. 아빠는 천천히 담배를 연달아 세 대를 태우고 나서야 내 손을 잡아끌었다.

"가서 잘못했습니다, 하고 와라."

"아빠는 같이 안 가?"

"다른 일은 몰라도, 이제 그 문제에 대한 건 남자답게 스스로 책임져야지. 아빠는 여기서 기다리마. 남자답게, 남자답게."

골목 뒤쪽에 숨지만 않았으면 아빠 말도 그럴듯했겠지.

펭귄 이야기를 늘어놓는 나를 보며 아줌마는 황당한 얼굴로 머리를 쥐어박았다. 고무장갑보다 덜 아팠다. 보이스카우트답게 직접 사과를 하고 싶다고 했지만 아줌마는 소금을 뿌려댔다. 뺨에 소금이 닿자 쓰라렸다.

아빠는 개 집 대문이 확실하게 닫힌 소리가 난 뒤에야 골목 끝에서 머리를 내밀었다. 한동안 우리집은 펭귄을 키운다는 소문에 시달렸다. 대체 펭귄을 어디서 사왔대요? 보나마나 또 술 처먹고 들어오다가 사왔겠지. 우리 애도 한 마리 키우고 싶다던데 어디 판대요?

*

이게 다 펭귄이 깨어나고 사흘 만에 일어난 일이다. 그 동안 펭귄은 겨우 두 번밖에 일어나지 않았다.

미친 펭귄. 펭귄은 단 두 번의 인사만으로 보이스카우트를 해산시킬 뻔했고, 한 가정의 평화를 영구히 파괴할 뻔했으며, 아빠에게는 한 달 동안 끊었던 담배를 다시 피우게 했고, 아빠는 이 핑계로 또 술 마시러 나갔고, 여자아이에게는 끔찍한 기억을 남겼다.

개는 바바리맨을 볼 때마다 운동장을 떠올릴 것이다. 나는 오랫동안 자책했다. 기억이 나면 미안하고, 이제 와서 어떻게 해야 할지도 모르겠고, 갑자기 찾아가서 그 일을 다시 한 번 사과하면 더 무서울 것 같았다. 누구세요? 죄송한데, 오래 전에 혹시…… 제가 그 남자인데요…….

부끄러웠던 기억은 부글부글 자꾸 떠오른다. 퐁, 부끄러움 하나를 터뜨렸는데, 퐁, 퐁, 다시 시간이 지나면 또 다른 부끄러움이 솟아오른다. 국자를 들고 떠오른 부끄러움을 걷어내고, 걷어내고, 다시 버리고, 조금 더 끓이는 수밖에 없다. 언젠가는 고요하고 차분하게 보글보글거리기를 기도하면서. 아주 작은 부끄러움은 여전히 솟아오르겠지만.

아버지 죄송해요. 호적에서 제 이름을 파는 게 소원이셨죠. 이제 그만 파갈게요. 엄마, 미안. 엄마는 날 더 때렸어야 했어. 그날의 일을 기억하지 못할 만큼 맞았어야 했는데. 누나, 누나의 눈빛은 옳았어. 나는 민달팽이야. 나를 소금통에 담가버리지 그랬어. 녹아버렸다면 좋았을 텐데.

미안.

*

더 끔찍한 일은, 개가 엉겁결에 펭귄과 악수를 한 순간 온몸이 바로 서는 기분을 느꼈던 것이었다. 나는 개새끼다, 펭귄이 강아지가 아니라 내가 개새끼야, 하고 자책해도 펭귄이 전해주는 기분은 너무 좋았다.

개가 펭귄을 빨리 놓지 않았다면 사정했을지도 모르겠다. 조금 더 펭귄을 잡고 있었다면 부르르 떨었겠지.

여자아이는 멍하니 악수를 하다가 소리를 지르며 뛰어갔다. 집에 오는 길에 악수가 계속 생각났다. 〈철인 28호〉를 보면서도, 혼이 나면서도 악수가 떠올랐다. 양치질을 하는데도 악수가 하고 싶었다. 이부자리 속에 들어가도 이불의 감촉에서 악수가 고팠고, 불을 다 꺼도 악수가 보였다. 다들 자는 시간이었지만 악수악수악수악수악수악수 때문에 잠이 오지 않았다. 귀에 대고 중얼거리는 것 같았다.

"잠 안 오지? 나가자, 우리."

펭귄이 눈빛을 반짝이며 명령했다. 누나가 깨지 않게 조심해서 민달팽이처럼 기어나왔다. 누나는 내 이불에라도 닿을까봐 벽에 달싹 붙어 자고 있었다. 누나와 나 사이에는 베개가 두 개나 가로놓여 있었다.

조용히 바지를 입었다. 바람은 차고 밤하늘은 맑았다.

학교로 갔다. 가로등도 희미하고 학교 가는 길은 조용했다. 문 닫힌 문방구, 깜깜한 운동장은 이상했다. 내가 걸을 곳이 아닌 것 같았다. 멀리 숙직실에도 불이 꺼져 있었다. 숙직실에 누가 있는지 없는지도 알 수 없었다. 어둑한 운동장에 있는 철봉이며 미끄럼틀이 보이기 시작했다.

눈 속의 어둠이 걷히기 시작하자 펭귄이 서서히 일어났다. 운동장 아까 그곳에서 천천히 펭귄과 악수를 시작했다. 바람도 불지 않고, 쌀쌀하지만 춥지는 않았다.

역시, 정말 좋았다.

2

스페이드의 여왕

모든 남자들은 악수를 한다.

꾸준하게, 습관적으로 악수를 한다.

"추잡하게. 난 그런 거 안 해."

저 남자는 거짓말쟁이다. 자신의 안위를 위해 다른 남자들을 팔아먹고 있다. 모든 남자는 티슈 한 장도 예민하게 뽑고, 소리 없이 문 잠글 줄 알며, 조용히 바지를 내릴 수 있다.

악수를 하지 않는 남자는 없다. 거의 안 한다는 남자도 사기꾼이다. 다만 며칠에 몇 번 하느냐의 차이만 있을 뿐이다. 양말조차 귀찮다며 신은 채 침대에 눕는 남자도, 자기 전에 악수는 하고 잔다. 한여름에도 한다. 팬티만 걸치고 땀을 흘려가며 한다. 악수는 만성운동부족인 현대 남성들이 유일하게 규칙적으로 하는 운동이기도 하다. 심폐기능 향상과 팔 근육 단련에 도움이 된다. 오른손이 왼손보다 힘이 센 것은 규칙적인 악수의 결과다.

초등학생도 악수를 한다. 뭘 알까 싶은 초등학생도 악수는 안다. 오늘 소개팅에 나온 남자도 악수를 한다. 평정심을 유지하고자 집에서 한 번 하고 나왔을지도 모른다. 고상하고 우아한 만남을 위해서라도 악수는 필요하다.

잘생긴 오빠도 악수를 한다. 못생긴 오빠는 더 많이 할 수도 있다. 못생긴 오빠는 가끔 울면서 한다. 멋있는 수학 선생님도 집에 가면 악수를 한다. 피보나치 수열에 감탄하며, 수학 문제를 풀면서 한다. 한류 열풍을 불러온 가수도, 카리스마 있는 연기로 천만 관객을 불러 모은 연기자도, 그 영화를 찍은 감독도, 잠깐 지나가던 얼굴도 기억 안 나는 엑스트라도 악수를 한다. 악수를 하는 순간만큼은 자신이 주인공이다. 국회의원도, 장관도 악수를 하고, 청문회를 앞둔 총리 내정자도 악수를 하며 마음을 달랜다. 다음날의 굴욕을 견디기 위해서, 글자 그대로 스스로 달랠 수밖에 없다. 재벌 회장도 하고, 정규직이 요원한 계약직, 인턴사원도 한다. 재벌 회장이나 인턴사원이나 하루에 할 수 있는 악수 횟수는 비슷하다. 내일 전투를 치를 병사도, 장군도 악수를 한다. 내일이 지나면 다시는 악수를 할 수 없을지도 모른다. 악수는 오늘의 행동이고,

미래의 악수는 불확실하다. 스님, 신부님, 목사님은 참고 하지 않을 수도 있다. 그러나 억누를 수 없을 때도 있다. 악수를 모르면 중생의 고달픔을 이해할 수 없다. 아버지도, 할아버지도, 삼촌도, 조카도, 모두 악수를 한다. 어렸을 때는 슈퍼맨처럼 보이던 아버지가 크고 나서는 그저 그런 한 사람일 뿐이었던 것처럼, 사실 슈퍼맨도 악수는 하고, 그것도 아주 슈퍼하게 지구를 날려버릴 정도로 하고, 절정의 순간에는 지구의 안전을 위해 먼 우주에 나가서 했다가, 쓸쓸히 돌아올 뿐이고, 슈퍼맨의 그것은 먼 우주로 지금도 날아가고 있고, 그러니 늙어버린 아버지가 좁은 방에서 악수를 하는 것도 이상한 일은 아니다. 악수는 국가, 민족, 인종, 지구인, 외계인까지 하나로 엮는 일이다. 온전히 자신을 위한 일이다.

"그 팔뚝, 너도……."

전장에 내몰리기 전 악수를 하고 나왔다는 상상을 할 수 있다면 전쟁은 사라질 것이다. 군번표를 입에 물고 화장실에서 급하게 악수를 마치자마자 전장에 내몰린 병사를 향해 총을 쏠 사람은 누구인가. 악수가 종교였다면 모두 평화를 누리고 있겠지. 사제들의 팔뚝은 누구보다 우람찰 것이다. 다른 성행위를 핍박하지 않을 것이다. 섹스를 이단 취급한다거나 동성애를 처벌하자는 말은 상상할 수도 없을 것이다. 대신 조용히 혼자 악수를 즐길 것이다. 악수는 악수대로, 섹스는 섹스대로. 평화와 사랑의 종교. 함께 위로하거나, 혼자 위로하거나, 중요한 것은 다만 위로다.

*

"오늘부터 생각은 내가 할게."

펭귄이 선언했다. 운동장의 악수가 끝나자마자.

조숙한 아이들은 열 살쯤 펭귄을 만나고 악수를 한다. 스무살이 되어서야 처음 악수를 했다는 친구도 있었지만, 아무도 그 친구의 말을 믿지 않았다. 마음속으로는 보증을 서달라거나 좋은 사업이 있다고 연락해오면 조심해야겠다고 생각했다.

운동장에서의 악수는 달콤했지만 펭귄을 잊으려고 애썼다. 어쩐지 그래야 할 것 같았는데, 망상이었다. 운동으로 성욕을 잊으라는 말은 배가 고프면 일을 더 열심히 해서 식욕을 잊으라는 소리와 다르지 않다. 배가 고프면 밥을 먹어야 한다. 운동을 한다고 고픈 배가 부를 리는 없다. 팔굽혀펴기는 성욕 해소에 아무 도움도 되지 않는다. 체력이 좋아지면 좋아질수록 펭귄은 강해지기만 한다.

펭귄은 분명히 말했다. 생각은 자신이 하겠다고.

악수는 신세계였다. 누가 봤다면 학교 운동장에서 밤중에 미쳐 날뛰는 것 같았겠지. 내 방이 없으니 악수를 하려면 운동장에 가야 했다. 밤만 되면 자다가도 일어나서 등교했다.

아무것도 모르고도 악수를 했다. 보지 않고도 할 수 있었다. 흔한 누드 사진 한 장 없었다. 악수는 시작했지만 남자와 여자의 일에 대해서는 몰랐다. 철인 28호를 떠올리며 했을 리는 없고, 〈독수리 오형제〉의 백조를 상상했을까, 〈별나라 손오공〉의 오로라 공주를 떠올렸을까. 악수는 누구나 타고나는 모양이다. 배우지 않아도 알았다.

*

열흘쯤 지나자 문제가 생겼다.

북극곰도 있을 줄이야.

펭귄이 시키는 대로 움직일 때는 마냥 좋았지만 끝나고 나면, 펭귄이 사라지고 나면 반드시라고 해도 좋을 만큼 마음이 불편해졌다. 거대한 순백색…… 덩치는 크면서 어딘가 느리고 어눌한 북극곰. 북극곰이 어슬렁거리며 걸어오면 펭귄은 어느새 사라지고 없었다. 펭귄이 있는데도 북극곰이 나타나면 펭귄은 어쩔 수 없이 거대한 북극곰에게 달려들어 싸웠다.

"이러면…… 안 되는데……."

펭귄의 말이 반드시 지키고 따라야만 할 것 같은, 칼날에 가깝다면 북극곰의 목소리는 단단하지는 않은데 끈적한, 올리고당이나 물엿 같았다. 펭귄의 칼이 지나가면 스윽 갈라졌다가 다시 차올랐다. 엄마의 젓가락질이 아무리 신묘해도 된장찌개를 뜰 수 없는 것과 같았다. 휘이휘이. 북극곰은 펭귄을 향해 길고 낮게 울었다.

"이러면…… 안 되는데……."

펭귄은 날뛰고, 북극곰은 버텼다. 펭귄의 명령과 북극곰의 울음 사이에서 나만 미칠 것 같았다. 북극곰은 보기만 해도 슬퍼지고, 괴롭고, 우울했다.

"하란 말이야! 해!"

"이러면…… 안 되는데……."

운동장에 나가려는데 엄마가 어디를 가느냐고 불러서 기절할 뻔했다. 잠이 오지 않아 한 바퀴 뛰고 오겠다고 했지만 엄마의 눈초리가 등뒤에 달라붙은 것 같았다. 질 나쁜 형들과 어울린다고 의심했던 것 같다.

학교에는 오줌싸개 동상이 밤만 되면 살아 움직인다는 소문이 퍼졌다. 밤 열두시가 되면 오줌싸개 동상이 운동장 구석에서 오줌을 누는데, 눈이 마주치면 달려와서 입에 오줌을 먹인다고 했다. 오줌을 먹은 아이는 오줌싸개 동상 대신 오줌싸개 동상이 되어 낮에는 꼼짝도 못하다가, 밤에는 다시 오줌을 먹일 아이를 찾아 운동장을 돌아다녀야 한다는 소문 때문에 오후 네시만 되어도 운동장에 남아 있는 애들이 없었다. 소문의 원인이 나라는 것을 짐작하면서도 혹시라도 진짜 오줌싸개 동상이 있을까봐 악수가 끝나면 집까지 뛰었다. 오줌싸개 동상이 뒷덜미를 붙잡을 것 같았다.

"이러면…… 안 되는데……."

북극곰이 우울하게 말했다. 매사 분명한 펭귄과 달리 북극곰은 딱 부러지게 말하는 법이 없었다. 북극곰이 나타나면 펭귄은 어느 사이엔가 도망치고 없었고, 정신을 차려보니 겨울이었다. 겨울 운동장이 추웠기 때문인지, 북극곰 때문인지, 펭귄은 다시 잠잠해졌다.

펭귄이 없으면 북극곰도 없었다.

*

초등학교는 무사히 졸업했지만 졸업식 다음날 아침 엄마에게 포획되어 비뇨기과에 끌려갔다. 엄마는 중학생이 되기 전에는 꼭 수술을 받아야 한다고 했다.

올 것은 마침내 오고야 만다.

"레이저로 해줄게."

레이저로 하면 금방 나아서 뛰어다닐 수도 있다고 했다. 만화에서만 보던 레이저라니, 레이저 발사! 레이저 총! 어차피 한 번은 넘어야 할 문턱이었다.

포경수술에 대해 알고 있는 거라고는 그저 아프다는 것뿐, 거기 있는 표피를 칼로 잘라내고 꿰매버린다는 설명은 듣지 못했다. 친구들에게 물어보면, 아파, 좆나 아파라는 대답이 전부였다. 제대로 묻는 애가 없으니 제대로 답해주는 애도 없었다. 포경수술을 하지 않으면 여자들이 싫어한다는 말을 해주는 어른도 없었다. 두루뭉술하게 위생을 위해서라는데, 화장실에서 손도 씻는 둥 마는 둥 하고 나오는데, 위생이라니.

"다 나중에 좋으라고 하는 거야."

비뇨기과는 지저분했다. 수술실에서 병에 걸릴 것 같았다. 음흉하게 생긴, 손이나 안 떨면 다행이다 싶은 의사 할아버지가 "눈보라가 휘날리는 바람 찬 흥남부두에 목을 놓아 불러봤다 찾아를 봤다"라는 노래를 부르며 진료실에 들어왔다. 나중에 KBS 〈가요무대〉에서 다시 들을 수 있었다. 1953년 발표, 〈굳세어라 금순아〉. 의사 할아버지의 노래 속에서 알딸딸한 냄새가 났다. 술 드시고 들어온 건 아니겠지. 알코올 냄새는 어디까지나 소독약 냄새겠지.

"오랜만이야. 잘 지냈어? 이거 뭐야, 놔! 놓으라고!"

"고놈, 섰네, 섰어."

펭귄은 수술 도중 깨어났다. 나는 펭귄을 바로 보지 못했다. 침대에 누워 있었고 허리 아래에는 녹색 천이 덮여 있었다. 이미 마취 주사를 놓을 때부터 내 정신은 반쯤 나가 있어서 펭귄을 걱정할 처지가 아니었다. 엉덩이나 팔에 맞아도 끔찍한 주사를, 펭귄에게 바로 바늘로 찌를 줄이야. 수술이니까 당연히 입과 코에 마취 마스크를 씌우고 잠들게 할 줄 알았다. 의료진들이 옆에 서 있고 엄격하고 진지한 분위기에서 매스, 하고 이루어질 줄 알았는데. 주사 바늘이 펭귄을 빠져나갈 때는 영혼마저 굳어버리는 기분이었다.

사로잡힌 펭귄은 버둥거렸다. 사각사각. 뭔가 자르는 소리가 들렸다. 의사 할아버지는 계속 노래를 흥얼거렸다.

"의사 선생님, 레이저는 언제 쏴요?"

"레이저 아닌데?"

"미안. 레이저는 너무 비싸. 대신 엄마가 집에 가서 양념통닭 시켜줄게. 꼭. 선생님, 얘 마취 언제 풀려요?"

수술이 끝나자 붕대투성이가 된 펭귄이 종이컵 안에 있었다. 붕대에 옅게 피가 배어 있었다. 그래, 사각사각 소리는 종이컵을 알맞게 자르는 소리였을 거야. 설마 수술할 때 가위를 쓰진 않았겠지. 펭귄은 집에 오는 내내 아무 말도 하지 않았다. 넋이 나간 펭귄을 보자 미안하기도 하고 조금 고소하기도 했다. 끔찍하긴 했지만 생각했던 것보다 별것은 아니었다. 마취가 풀리기 전까지는.

마취가 풀리자 지옥이 시작되었다. 자다가 펭귄이 살짝 종이컵에 닿기만 해도 비명을 지르며 굴렀다. 누나가 시끄럽다고 베개를 던졌다. 지옥에 가면 포경수술을 했다가 상처가 나으면 다시 포경수술을 반복하지 않을까. 무한히.

일주일이 지나자 진물도 가라앉고 자리가 잡혔다. 분홍색 펭귄을 보니 낯설었다. 아직 분홍색 펭귄보다 끝이 쪼글쪼글한 펭귄이 더 친숙했는데.

엄마의 극진한 간호를 받아가며 귤을 까먹었다. 민달팽이 주제에 별짓을 다 한다는 누나를 제외하면, 수술의 보상은 후했다. 엄마는 끊임없이 대견스럽다는 칭찬을 해줬고 먹고 싶은 음식은 뭐든 다 해줬다. 만화나 텔레비전도 실컷 당당하게 볼 수 있었다. 중학교 입학 선물을 겸해서 아빠는 당시 가장 인기 있었던 삼성 마이마이 카세트를 사왔다.

"아이 앰 어 보이. 보이즈 비 엠비셔스. 아이 앰 어 보이. 보이즈 비 엠비셔스."

*

실밥을 풀기 전날 저녁, 텔레비전을 보는데 펭귄이 핼쑥한 얼굴로 나타났다. 펭귄은 실밥을 푼다는 기쁜 소식을 찡그린 얼굴로 묵묵히 듣다가 쉰 목소리로 말했다.

"같이 죽어볼까?"

텔레비전에서는 원피스 수영복을 입은 여자가 걸어갔다. 오렌지주스 광고였다. 주스와 수영복은 관계가 없지만, 도망치는 오토바이를 헬리콥터가 추격하는 우유 탄산음료 광고도 있었고, 광고를 보면서 아무도 어색해하지 않았고, 모두 개운하게 탄산음료를 마시고 사랑한다고 외쳤고, 오렌지주스와 원피스 수영복의 관계도 그쯤 되었다. 펭귄을 만나기 전에는 원피스 수영복을 보고 흑심을 품어본 적이 한 번도 없었다. 마시지도 못하는 원피스 수영복은 백 퍼센트 무가당 오렌지주스보다 나에게는 무가치한 것이었다.

머리끝에서 펭귄 끝까지 벼락 한 줄기가 지나갔다. 몸 전체에서 번쩍이며 빛이 났다. 순식간에 민달팽이에서 자체 발광하는 심해 생물체까지 경험할 수 있었다.

"씨발!"

투둑, 꿰매둔 실밥이 틀어지는 소리가 났다. 텔레비전 채널을 돌리기 위해 리모컨을 찾았지만 소리는 손보다 더 빨랐다. 리모컨과 손 사이의 거리는 한 뼘 남짓. 그냥 텔레비전 전원 코드를 뽑아버릴걸. 간신히 리모컨을 쥐고 아무 채널이나 눌렀는데 이번에는 사랑의 비너스, 브래지어 광고가 눈에 들어왔다. 빛은 소리보다 더 빨랐다. 나는 바닥에 두 번 뒹굴었다.

그래, 비너스는 사랑의 여신이지.

투두둑.

고통 속에서도 눈은 십오 초짜리 광고에서 떨어지지 못했다. 펭귄의 광기 어린 웃음소리가 울렸다. 아, 그냥 눈을 감았으면 될 것을. 눈을 감고 귀를 막으면 될 일인데. 중학교 입학을 앞둔 소년은 괴로워하면서도, 찢어지면서도 텔레비전 화면 속 여자를 쳐다봤다. 죽을 것 같은데도 눈을 뗄 수가 없었다. 펭귄은 웃다가 목이 갈라져서 켁켁거렸다.

투두두두두두두두두둑.

다행히 펭귄도 아직 어려서 그런지 힘이 부족했다. 다음날 아침까지 그대로 죽 혼절했다가 병원에 기어갔다. 실밥이 틀어지기는 했어도 재수술을 할 정도는 아니었다. 의사는 즐거워하면서 실밥을 풀었다. 펭귄의 왼쪽 눈 위에 번개 모양의 흉터가 생겼다. 펭귄이 유난히 커지는 날에는 번개 흉터도 같이 늘어났다. 얼마 전까지만 해도 귀여웠던 펭귄의 얼굴이 흉악하게 변해버렸다.

*

야한 이야기는 태초부터 있었다. 원시인들은 밥 먹고 사냥하고 남는 시간을 야한 이야기로 보냈다. 야한 이야기를 잘하는 원시인은 사냥에 나갈 필요도 없었다. 음담패설을 통해 남녀가 구분되고 몸의 아름다움이 드러났다. 구분은 인식과 함께 싸움도 낳았다. 가슴을 선호하는 부족과 엉덩이를 중시하는 부족 사이의 끝없는 반목, 허리를 사랑하는 부족의 중재, 마침내 국가가 출현했다.

사람들은 음담패설이 그저 구전되다가 소실되는 게 아까웠다. 그래서 문자를 발명했다. 야한 소설, 야설은 누구에게나 사랑받았다. 초서의 『캔터베리 이야기』나 보카치오의 『데카메론』처럼, 이야기는 결국 누가 누구와 잤느냐에 대한 것이었다. 점잖은 이야기는 소수의 사람이나 좋아했다. 야한 소설을 읽기 위해 문자를 배우는 사람들이 늘었다. 다른 사람들에게 읽어달라고 하기에는 아무래도 민망했기 때문이다.

*

프린트된 야설은 드물었다. 프린터는 단순하게 계산해도 지금 컴퓨터 한 대보다 세 배 이상 비쌌다. 야설은 파일로 돌아다녔다. 지금으로 치면 이북eBook인 셈이다.

야설 디스켓 한 장에 남성들의 모든 꿈과 이상을 담을 수 있었고, 알렉산드리아 도서관을 건축할 수 있었다. 성현들의 지혜가, 꿈이, 진실이 플라스틱 원판 하나에 담겼다. 야설을 읽으면 타인을 이해할 수 있었다. 뉴스에서는 이웃이 누구인지도 모른다고, 삭막한 도시생활을 한탄했지만 「C동 1004호에 사는 누나」를 읽으면서 꼭 이웃과 인사하고 지내야겠다는 교훈을 얻었다. 언제 무슨 일이 생길지 모르니까 옆집과 친하게 지내야 했다. 「투명인간의 고민상담소에 오신 것을 환영합니다」는 누구나 말 못할 아픔 하나쯤은 간직하고 있다는 깨달음을 줬다. 모두에게 각각의 아픔이 있었다.

온갖 야설에 통달하다 보니 제목만으로 야설의 발단-전개-위기-절정-결말을 예측할 수 있었다. 제목의 중요성에 대해서도 배웠다. 자고로 제목은 은근하면서도 천박하지 않고, 반전을 품으면서도 전체적인 주제와 어긋나지 않아야 했다. 「C동 1004호에 사는 누나」는 단순하고 평범한 듯 보이지만 구체적이면서 본능적인 이끌림을 담고 있었고, 「투명인간의 고민상담소에 오신 것을 환영합니다」는 상상력을 자극하는 힘이 있었다. 누구에게나 상담하고 싶은 고민은 있으니까. 담담한 고백체의 수기 같은 「미장원에서 있었던 일」에서는 무난한 제목이 갖는 미덕, 부담스럽지 않고 성실한 느낌이 들었다. 야설만 열심히 읽어도 국어 시험은 무난히 치를 수 있었다.

야설의 전승은 순조롭지 않았다. 무시와 탄압 속에서도 살아남은 야설은 선배들로부터 후배들에게 전승되었고, 창작과 변형이 일어났다. 대대로 전해진 흥분과 열정이 디스켓 속에서 숨쉬고 있었다. 중학교에는 대대로 전승되던 야설이 있었다. 아무도 저작권을 주장하지 않고 누구나 수정할 수 있는, 공동의 자산이자 민중문학이었다.

야설을 읽으며 성에 눈을 떴다. 물론 폭력적인 묘사나 남성 위주의 삐뚤어진 판타지들도 많았다. 신소설 『자유종』은 『춘향전』을 '음탕 교과서'로 평가했지만 지금 춘향전은 진짜 교과서의 한 부분을 당당히 차지하고 있다. 열린 마음으로 야설을 대한다면 그 속에 숨겨진 진실을 건질 수 있지 않을까. 누구에게나 가장 행복한 순간이 있다는 것도, 말 못할 외롭고 깊은, 슬픈 밤이 있다는 것도, 야설을 통해 알았다. 야설이 당당하게 중등 교육과 대입 시험에 나올 날이 반드시 올 것이다.

야설도 사람 사는 이야기니까.

*

"조금만, 조금만 더."

야설은 상상력과 창의성 개발을 촉진했지만 컬러풀한 춘화의 직관적인 매력은 강렬했다. 야설로는 펭귄의 야망을 모두 채울 수 없었다. 진돗개가 컴퓨터를 광고하던 시대였는데, 썩 귀여운 개도 아니었고, 대체 개와 컴퓨터는 무슨 관계가 있는지 모르겠지만, 컴퓨터로 할 수 있는 것은 게임을 빼면 아무것도 없었지만, 부모님들은 장차 정보화 사회를 살아가는 데 컴퓨터 조기교육이 중요하다고 믿긴 했다. 컴퓨터는 애완동물 같았다. 실용적인 측면은 별로 없었지만 있으면 행복하고 시간 가는 줄 몰랐다. 괜히 컴퓨터 회사가 충실한 진돗개를 모델로 내세운 것도 아니었고, 옆집에서 컴퓨터를 샀기 때문에 우리집도 사긴 했지만, 카세트가 영어 듣기에 사용되지 않듯, 컴퓨터도 공부와는 무관했다. 컴퓨터는 덩치 큰 게임기였다.

"너 지금 뜻도 모르면서 읽고 있지?"

야설에는 어려운 말이 많았다. 음경陰莖, 옥문玉門, 수림樹林 같은 한자어는 사전을 찾아봐야 했다. "그녀의 심연에서 광포한 기운이 손끝까지 퍼져나갔다. 그의 힘껏 발기된 양물에서는 위풍이 넘쳤다. 그녀의 안광이 흐려졌고 붉은 입술에서는 열화와 같은 숨결이 터져 나왔다." 사전을 네 번 찾았다. 찾았던 단어도 다음에 보면 또 기억이 안 났다.

백문불여일견이라는 말은 야설을 읽다가 음화淫畵를 보고 생겨난 것이 분명했다. 그림으로 보고 따라해봐도 잘 되지 않는 게 몸짓인데, 글로 태권도를 배우고 운전면허자격증을 따는 꼴이었다. 다리를 어깨 위에 걸치고 배꼽을 나란히 맞춘 뒤에 허리를 위아래로 움직이면서…… 한 번 보면 쉽게 이해가 되는데. 상세한 묘사는 상상력 발달에 도움이 되겠지만 어디까지나 실물을 한 번은 볼 필요가 있었다.

보지 않은 것을 머릿속에 떠올리는 것은 불가능하다. 배우지 않으면 할 수 없는 영역도 있었다.

*

펭귄이 짜증을 부리기 시작했다.

서울 용산 굴다리 밑에서는 음란물 거래가 넘쳐났다지만, 태어나서 서울은 유치원 때 63빌딩을 보러 간 게 전부였다. 수도권과 지방의 문화 지체 현상은 포르노에도 있었다.

술이나 담배는 아빠 심부름이라고 핑계댈 수 있었지만 도색 잡지는 어려웠다. "아빠가 이번달 〈플레이보이〉를 사오라고 하셨어요, 부록은 뭐예요?"라고 할 수는 없었다. 지금은 동네 서점 자체가 없으니 서점 주인이나 비디오 대여점 아저씨를 친구로 둔 아빠를 상상하기 어렵겠지만, 아빠와 서점 아저씨는 서로 잘 아는 사이였다. 아빠는 할 일 없어도 서점에 가서 책을 뒤적였고, 바둑도 두곤 했다. 잡지를 사고 싶으면 버스 타고 옆 동네 서점까지 원정을 가야 했다. 거기서도 미성년자에게는 야한 잡지를 팔지 않았지만.

*

트럼프가 펭귄을 구했다.

성욕 대신 도박에 빠져든 것은 아니다. 친구들 중에는 그런 녀석도 있긴 했다. 쉬는 시간에는 수시로 판치기가 열렸다. 교과서 위에 백 원짜리 동전을 앞뒤앞뒤앞뒤로 놓고 책을 손바닥으로 내리쳐, 동전이 모두 같은 면이 되면 돈을 땄다. 손바닥만 따라준다면 백 원을 깔고 한 번에 육백 원을 따갈 수 있었다. 힘만 좋다고 딸 수는 없었다. 교과서의 두께, 동전들의 배열과 미세한 공기의 흐름을 복합적으로 읽을 줄 알아야 했다.

호황인 시절이었다. 대담한 녀석들은 오백 원짜리 판을 열기도 했다. 오륙은 삼십, 한 번에 일주일 용돈을 벌 수 있었다. 반 전체를 통틀어도 멀쩡한 교과서가 몇 권 없었다. 손바닥으로 내리치고 밀어대느라 표지가 다 일그러졌다. 즐거운 시절은 짧았다. 호황은 한두 번이고 그 뒤에는 끝도 없는 불황만 기다리고 있다. 잠깐의 호황에 대한 기억으로 긴 불황을 견디며 살다 죽는 것이다. 판치기는 삼학년에 올라가면서 갑자기 사라졌다.

어디서 트럼프를 구해왔는지 모르겠다. 재호가 책상 위에 올라가 트럼프를 쳐들었을 때, 교실은 침묵으로 가득찼다. 삼천 원짜리 대형 판치기조차 얼어붙었다. 재호는 천천히 트럼프를 부채 모양으로 펴 들었다. 쉰네 명의 누나들이 우리를 향해 한 명씩 웃어주었다. 우리 반은 쉰다섯 명이었는데 다행히 그날 한 명이 아파서 결석했었다. 단체 미팅이 열리는 순간이었다.

SEXY NUDE CARDS. 아래에는 '100% PLASTIC PLAYING

CARDS'라고 작게 인쇄되어 있었다. 백 퍼센트의 황홀함이란. 조커 두 장을 포함해 쉰네 장의 트럼프 뒷면이 여자 사진이었다. 이름만 누드였고 실제로는 가슴 노출도 없었지만. 유일하게 조커만 조커답게 가슴 노출이 있었다. 크고 둥글었다.

트럼프는 도박의 도구가 아니었다. 감히. 신성한 트럼프로 어찌.

본능적으로 질서를 지켰다. 아무도 재호에게 달려들어 트럼프를 빼앗으려 하지 않고, 아래에서 위로, 재호의 손을 간절한 눈빛으로 바라보기만 했다. 자칫 재호가 쓰러지기라도 한다면 저 트럼프들은 순식간에 더러운 교실 바닥에 나뒹굴고 구겨지겠지. 재호가 돈까스 반찬 하나 달라고 할 때 줄걸. 반장선거를 다시 하면 재호는 만장일치로 당선될 지경이었다. 트럼프 서른아홉 벌만 있으면 전교회장도 문제없었다.

"사이좋게 번호순으로 한 장씩."

재호는 널리 우리를 이롭게 하기 위해 이 땅에 온 게 분명했다. 재호는 책상에 트럼프를 뒤집어 깔았다. 숫자와 알파벳 면을 위로, 여자 사진이 있는 면을 아래로 뒀다. 공평하게 숫자와 트럼프 문양만 보고 뽑아야 했다.

늘 손해를 보는 불쌍한 1번에게 먼저 기회를 주되, 기회는 1번이 먼저 갖지만, 1번이 좋은 트럼프를 뽑는다는 보장은 없는, 공평하고 합리적인 방식이었다. 1번 강감찬부터 나가서 트럼프를 뽑았다. 강감찬이 하얀 교복 차림의 여고생을 뽑자 다들 환호성을 질렀다. 우리는 또래보다 성인 여성을 더 좋아했다. 강감찬은 우리를 노려보며 아쉬운 표정으로 자리에 앉았다.

나는 열다섯 번째로 스페이드 8을 뽑았다. 스페이드 8을 뒤집는 순간의 무엇은, 이후 어떤 도박판에서도 느껴보지 못했다. 모든 트럼프에 바람직한 사진이 인쇄되어 있는 것은 아니었다. 어떤 사진은 얼굴 없이 커다란 가슴만 있었다. 또 어떤 사진은 하이힐을 신은 늘씬한 스타킹이 있었다. 중학생은 다리의 아름다움에 대한 안목이 부족했다. 검고 빨간 가터벨트도 마찬가지였다. 중요한 것은 얼굴과 가슴이었다. 쇄골을 확대해서 찍은 사진도 꽝, 엉덩이, 허리도 모두 꽝, 꽝. 오직 한 녀석만 가슴보다 다리를 더 좋아했고 그 녀석은 졸업할 때까지 이름보다 변태로 더 많이 불렸다. 선지자는 고독한 법이었다.

백인 여자가 가장 으뜸패였고 꼴등은 흑인 여자였다. 중학교 때까지 인종차별에 대해 배운 적이 없었기에, 얼굴이 까만 애를 깜둥이라고 아무렇지도 않게 놀려댔다. 한 번도 실제로 본 적 없으면서, 텔레비전으로만 본 흑인 여자를 다들 무작정 기피했다. 차별이라고는 성적차별, 외모차별이 전부인 줄 알았으니까. 트럼프가 한장 한장 뒤집힐 때마다 교실에는 탄식과 환호가 번갈아 나왔다.

스페이드 8은 기모노를 입은 귀엽게 생긴 일본 여자였다.

기모노를 입었다고 일본 국적이라는 보장은 없지만, 일본 여자라도 좋았다. 사랑에 국경은 없었다. 하얀색 기모노에 분홍색 벚꽃이 수놓아져 있었다. 벚꽃이 하얀 눈 위에 그대로 내린 것 같았다. 스페이드 8은 가지런하고 하얀 이를 드러내며 해맑게 웃고 있었다. 웃는 얼굴이 정말 예뻤다. 일부러 손으로 가슴을 받치듯 하고 있었는데, 가슴이 드러나지 않는데도 그 선이 오묘했다. 노출이 없어도 아름답고 야할 수 있다는 것을 깨달았다.

장난 같지만 나는 스페이드 8과 사랑에 빠졌다.

영원히 이름도 알 수 없는, 스페이드 8.

*

사랑하는 여자는 무엇과도 바꿀 수 없다. 바꿀 수 있다면 사랑하는 게 아니다. 스페이드 8과 사랑에 빠지자 현실적인 문제가 생겼다.

트럼프는 곧 우리 반에서 화폐 역할을 했다. 처음에는 일대일 교환이었다. 모두 만족했지만 나는 차마 그럴 수 없었다. 교환은커녕 스페이드 8을 누구에게 보여주기도 싫었다. 스페이드 8을 고이 코팅까지 해서 교과서 사이에 끼워두고 가끔씩 몰래 꺼내봤다.

펭귄이 좋아했을 리 없다.

"생각은 내가 한다고 했을 텐데. 바꿔 와."

펭귄이 명령했다. 저열한, 싸구려, 사랑도 모르는 펭귄 새끼였다.

우리는 트럼프의 가치가 저마다 다르다는 점을 깨달았다. 노출이 많을수록, 얼굴이 예쁠수록, 가슴이 클수록 귀중한 트럼프였다. 트럼프 경제가 시작되었다. 트럼프는 무엇과도 교환될 수 있었다. 숙제나 청소와 바꾼 애들도 있었고, 무한정 트럼프를 쌓아두려는 애도 있었다. 트럼프가 많으면 으스댈 수 있었다. 1인 1트럼프는 깨졌다. 부지런하거나 용돈이 많은 녀석들이 더 많은 트럼프를 갖기 시작했다.

함부로 공개하지 않아야 트럼프의 가치를 유지할 수 있었다. 트럼프를 교환하기로 해놓고 사진만 구경하고 내빼는 똑똑한 녀석들이 나왔다. 트럼프를 먼저 보여주지 않고 말로만 흥정이 이루어지는 신용거래도 생겼다. 얼굴도 모르고 중매결혼했던 사람들을 이해할 수 있었다. 트럼프에 대한 묘사를 듣고 있으면 오십 년 후에는 한국에서도 노벨문학상이 나올 수 있을 것 같았다.

한 번 사기를 치면 신용이 바닥까지 떨어지는데도 악착같이 구라를 치는 녀석들도 있었다. 말을 잘할수록, 구라가 그럴 듯할수록 못 믿을 놈이었다. 세상에 사기꾼이 많다는 것을 중학생 때 깨달았다. 세상에는 믿을 놈이 정말 없구나. 잃어버린 신용은 다시 찾기 어렵다는 것도 배웠다. 한 번은 속아도 같은 수법에 두 번 속는 경우는 없었다. 누가 귀한 사진을 갖고 있다는 것은 풍문으로만 돌았다. 풍문은 엉터리였고, 갈수록 부풀려지기만 했다.

트럼프는 한정되어 있었다. 외부에서 유입되는 트럼프가 없으니 완전한 폐쇄경제였다. 딱 한 번 펭귄의 명령을 이기지 못하고 스페이드 8을 하루 동안 서로 빌려주는 조건으로 맞바꿨다. 스페이드 8은 노출은 적었지만 순진하고 예쁜 얼굴 덕분에 중상급 트럼프에 낄 수 있었다. 펭귄은 자신의 가슴을 꼭 쥐고 황홀한 표정을 짓고 있는 다이아몬드 6을 보고 적잖게 만족했다. 다이아몬드 6의 가슴은 스페이드 8의 두 배쯤 되었다.

"이거야, 이거."

"이러면…… 안 되는데……."

사진 한 장으로 만족스러운 악수를 할 수 있었다. 펭귄의 즐거운 웃음 뒤에 바로 북극곰의 목소리가 들렸다. 펭귄은 재빠르게 일을 끝내고 해맑은 표정으로 잠들었다. 북극곰이 슬픈 표정으로 쳐다보지 않아도 나는 이미 후회하고 있었다. 다음 날 학교에 가자마자 스페이드 8을 되찾아왔다. 친구는 하루만 더 있다 바꾸자고 했지만 화를 내며 스페이드 8을 가져왔다. 스페이드 8은 아무 상처 없이 멀쩡했다.

"오늘은 원더우먼이 좋겠어. 아마 하트 9지?"

저질. 짐승 같은 놈. 펭귄의 명령을 어겼다. 나도 모르게 하트 9를 찾아갈 뻔해서, 수업이 끝나자마자 힘껏 집으로 내달렸다. 이 방법만이 스페이드 8을 지킬 수 있는 유일한 길인 것 같았다. 뛰면서, 뛰면서, 스페이드 8만 생각했다.

*

폐쇄경제는 오래갈 수 없었다. 쌓아둔 트럼프는 무너지기 마련이다. 거대한 무력을 지닌 이웃 국가의 침공으로 폐쇄경제는 끝났다.

펭귄의 명령을 따르면서 스페이드 8을 지켜내려면 숙제를 대신 해주거나 돈을 내야 했다. 돈은 없었다. 내 숙제를 보려는 녀석도 없었다. 내 숙제를 베꼈다가는 오답이라고 더 혼날 확률이 높았다. 글씨가 엉망이라 대신 숙제를 해달라는 애도 드물었다. 서로 트럼프를 가지려고 혈안이 된 탓에 대리 숙제 시세가 급속히 내려갔다. 가끔 싼 매물이 나왔지만, 고민하는 사이에 정보가 빠른 녀석들이 잽싸게 사버렸다. 정보가 곧 돈 이라는 사실은 뒤늦게 알았다.

처음으로 무력감을 느꼈다. 장난감이 없거나 달리기에서 지거나 하는 것과는 달랐다. 장난감은 어차피 갖고 싶어도 모두 가질 수 없다. 장난감은 부모님을 한참 졸라서 하나 얻고, 다시 오랜 시간 졸라서 하나 얻는 것이었다. 장난감이 갖고 싶기는 했어도 장난감이 없다고 해서 내가 무능하다고 생각한 적은 없었다. 잘사는 친구집에 놀러 가서 집과 게임기를 구경해도 마찬가지였다. 달리기에서 지면 분하기는 했지만 금방 잊었다. 달리기를 못한다는 것을 오랜 시간 뼈저리게 느끼는 일은 없었다. 성적표도, 상장도 마찬가지였다. 성적이 안 나와도 잔소리를 들을 때 잠시뿐, 간절하게 공부를 잘하고 싶었던 적은 많지 않았다. 고민이라는 것도 길어야 하루이틀뿐이었고, 며칠 동안 이어지는 간절한 고민은 해본 적이 없었다.

트럼프는 달랐다.

*

중학교는 두발 규정이 엄했다. 이마에 손바닥을 밀어넣어 그 위로 머리카락이 올라오면 가차 없이 잘려나갔다. 규정은 3센티였지만 실제로는 1.5센티만 넘어도 머리 한가운데에 바리깡으로 경부고속도로를 뚫었다. 점심을 먹고 나른해진 5교시, 사회 수업시간, 앞문이 드르륵 열렸다.

"여, 수고하십니다."

학생주임 죠다쉬가 사회 선생님에게 껄렁하게 인사했다. 말대가리를 닮았던 학생주임은 인기 있던 브랜드 이름을 따 죠다쉬라고 불렸다. 사회 선생님은 못마땅한 표정이었지만 아무말도 하지 않고 나갔다. 뒷문으로 남자 선생님 두 명이 더 들어왔다. 죠다쉬의 손에 우리의 머리가 줄줄 잘려나갔다. 죠다쉬는 호탕하게 웃으며 즐겁게 머리를 잘랐다.

죠다쉬가 다가오자 손에 땀이 났다. 요즘 들어 부쩍 머리가 빨리 자랐다. 맹세코 머리를 기르려고 한 것은 아니지만 변명은 통하지 않았다. 바리깡에 고속도로가 뚫리면 박박 깎는 것 말고는 방법이 없었다. 죠다쉬가 학교 앞 이발소 아저씨에게 뒷돈을 상납 받는다는 소문이 돌았다. 주변에서 너희 학교는 불교계통이냐고, 다들 스님 지망생이냐고 놀렸다.

"뭐야, 이거?"

그 상황에서도 딴짓하는 녀석들이 꼭 있다. 강심장이라고 해야 할지 모자라다고 해야 할지 모르겠다. 두발단속 와중에도 정신없이 트럼프를 보는 또라이가 있었다. 그래, 쟤도 사정이 있겠지. 분위기 파악 못하는 녀석들은 그 후로도 꾸준히 있어서 이제는 이상하지도 않다. 고등학교에도, 대학에도, 군대에도, 회사에도, 어디에나 그냥 있으니까. 또라이 보존의 법칙이었다. 어디에나 동일한 비율의 또라이는 반드시 존재했다.

또라이 덕분에 두발단속은 멈췄다. 대신 소지품 검사가 시작되었다.

*

사랑하는 것은 곁에 둘 수밖에 없다. 위험하지만 함께 갈 수밖에 없다. 스페이드 8에 대한 내 사랑이 그랬다.

"일번부터 나와서 뻗쳐라."

죠다쉬가 심문을 시작했다. 죠다쉬는 절도 있게 시계를 풀고 와이셔츠의 단추도 두 개 풀었다. 와이셔츠 사이로 죠다쉬의 고슬고슬한 가슴털이 튀어나왔다. 죠다쉬가 으쌰 소리를 지르자 겨드랑이 냄새가 교실에 강렬하게 풍겼다.

어디 가서 "내 친구 중에 위인전 주인공이 있는데 말이야" 하면서 이야깃거리가 되는, 강감찬 장군을 존경한 나머지 아들 이름을 지었다는, 혹시 부모님이 강감찬이 누구인지도 몰랐던 것은 아닌지 의심을 받는, 기록에 따르면 강감찬 장군의 키는 다섯 자 혹은 석 자로 엎드리면 마치 여우가 기어가는 듯했다는데, 이름 때문인지 정말 키가 작았던, 우리의 강감찬은, 죠다쉬의 암내에도 굴하지 않고 당당하게 교탁 앞으로 나갔다.

강감찬은 비굴하게 엎드리지 않았다. 눈 한 번 깜빡이지 않고 죠다쉬에게 말했다.

"재호가 가져왔는데요."

설마. 강감찬이 친구를 배신할 리가. 우정이 뭔지는 모르지만 하여간 우정은 무조건 중요한 것 아닌가. 쇠가죽으로 냇물을 막았다가 일거에 쓸어버리려는 전략이겠지. 죠다쉬는 생긴 것도 거란족처럼 생겼으니까. 죠다쉬도 뭔가 당황한 목소리로 물었다.

"재호가, 누구냐."

1번 강감찬에게는 오랜 경험에서 우러나온, 귀주대첩 못지않은 지혜가 있었다. 어차피 1번은 맞는다. 몇 번이 부느냐는 순전히 죠다쉬의 풀스윙에 달려 있을 뿐이었고, 몇 번이 불건 간에 1번은 풀파워 상태의 몽둥이를 고스란히 맞아야 했다. 경험상 마지막 번호까지 침묵을 지킬 리도 없었다. 친구들이 맞는 것을 보고 겁에 질려, 아니면 그저 맞는 것이 싫어서, 맞기도 전에 불 녀석은 늘 있었다. 모두가 매타작을 한 바퀴 버틴다고 해도, 두 바퀴째에서는 어김없이 불었다. 두 번째 폭력은 첫 번째보다 더 무서우니까. 못 버티는 상황은 온다. 매는 매대로 맞고 누군가는 반드시 배신자가 되는 순간이 왔다. 한 대라도 더 맞은 애는 죠다쉬를 미워하는 대신에 한 대라도 덜 맞은 애를 미워했다. 어차피 누군가가 불 건데, 왜 1번만 매번 고스란히 한 대라도 더 맞아야 하는가?

강감찬의 행동은 결국 우리를 위한 것이었다. 재호만 빼고.

*

　재호는 담담한 표정으로 일어나서 앞으로 나갔다. 죠다쉬의 얼굴이 굳어졌다. 죠다쉬가 재호의 뺨을 쳤다. 재호는 휘청거렸다가 다시 꼿꼿하게 섰다. 죠다쉬가 연거푸 재호의 뺨에 손바닥 무늬를 정성스럽게 새겼다. 더 이상 새길 공간이 없어 보였을 때, 죠다쉬가 몽둥이를 들고 어깨를 풀었다. 붕붕 소리가 났다.

　"다른 놈들은 고개 숙여라. 눈 마주치는 놈은 같이 맞는다."

　죠다쉬는 재호를 엎드려뻗치게 하고 정확하게 서른아홉 대를 때렸다. 그 와중에도 왜 마흔 대가 아니었을까 궁금했다. 선생님, 한 대 덜 때린 것 같은데요라고 물으려다가 참았다. 왜 재호는 아무 항변도 하지 않았을까. 재호는 피하는 몸짓한 번 없이 묵묵하게 맞았다. 여덟 대를 넘어가자 나직하게 신음을 내뱉기는 했지만 완벽하게 매를 감당해냈다. 약간의 죄책감도 들었지만, 우리는 살았다는 안도감이 더 컸고, 슬슬남이 맞는 구경을 하고 싶기도 했지만, 혹시 고개를 들었다가 죠다쉬와 눈이 마주치면 끌려 나갈까봐 책상에 이마를 꽉 대고 있었다.

　소리가 멈췄다. 재호는 얼굴과 엉덩이가 기묘하게 부어서 마치 말처럼 보였다. 죠다쉬는 기묘한 표정으로 재호를 끌고 나갔다. 이히힝 소리가 들리는 것 같았다.

*

압수된 트럼프는 쉰세 장이었다. 재호가 트럼프를 풀고 시간이 꽤 지났는데도 거의 고스란히 압수된 게 신기했다. 다른 녀석들도 나처럼 각자의 트럼프를 사랑했던 것은 아닐까. 한 장의 트럼프에, 하나씩의 사랑.

교실 앞에는 경찰이 범죄 조직을 일망타진한 뒤 증거물들을 바닥에 죽 늘어놓듯, 쉰세 장의 트럼프가 그림대로, 숫자 순서대로 나열되었다. 딱 한 장, 흑백 조커 한 장만 회수되지 않았다. 조커였기 때문에, 죠다쉬는 트럼프 한 장이 남아 있다는 것을 눈치채지 못했다. 우리도 트럼프 한 세트가 그대로 나왔다는 점에 안도했다. 한두 장 때문에 들볶이고 싶지 않았다. 어차피 못 찾을 것을 알면서도 반에 도난 사건이 일어나면 선생님의 퇴근 시간까지 단체 기합을 받는 상황 같은 것은 싫었다.

교장 선생님은 조회 때 음란물에 대한 길고 긴 훈화를 했다. 재호는 단상 위에 불려 올라갔다. 조회 시간 내내 재호는 단상에 서 있어야 했다. 조회가 끝나자 재호는 복도를 오리걸음으로 돌면서 "음란물을 보지 맙시다"라고 외쳤다. 죠다쉬가 몽둥이를 들고 따라다녔다. 재호가 우리 반 복도를 지나갈 때 우리는 교실 밖을 내다보지 않는 것으로나마 우정을 표시했다. 아침 등교 시간 교문 앞에 팻말을 걸고 있는 재호를 못 본 척했다. 목에는 같은 구호가 적힌 팻말을 걸고 있었다. 재호는 사흘 동안 학생부에 잡혀 있다가 교실로 되돌아왔다.

흑백 조커는 졸업할 때까지 보이지 않았다.

3

사랑의 교회

한밤중에 펭귄이 중얼거렸다. 펭귄은 낮밤을 가리지 않았지만 밤이면 더 시끄러워졌다.

"교회 가자. 응? 종교도 하나쯤 갖고, 좋은 말씀도 듣고."

그때까지, 펭귄은 키울 만한 애완펭귄이었다. 주기적으로 악수만 해주면 온순했다. 요구사항이 복잡하지도 않았다. 악수, 악수, 그저 악수면 충분했다. 처음 눈을 떴을 적에 비하면, 조금 더 크고 나니 혼자서도 잘 놀았다. 물론 성실하게 악수를 한다는 전제가 붙었다. 이따금 피우는 말썽이야 자식이나 애완동물이나 모두 그런 거니까, 그러려니 했다. 엄마도 아빠가 말썽 피운다는데.

다른 남자들에 비해 악수가 특별히 더 많지도 않았다. 처음에는 이틀에 열 번, 시간이 지나니까 일주일에 열 번 정도였다. 외출하기 전에는 미리 악수를 했다. 달래놓고 나가면 밖에서는 혼자 조용히 잘 놀았다.

안심하고 걱정 없이 축구나 컴퓨터 게임에 빠져들었다. 날이 좋으면 축구를 하고, 비가 오면 컴퓨터 게임을 했다. 낮에는 축구를 하고, 밤에는 컴퓨터 게임을 했다. 공부는 더하지도 덜하지도 않았고 성적은 제자리였다. 대부분의 남자애들은 아예 공부를 하지 않기 때문에 떨어지진 않았다. 다 놀았다. 모두 노니까 놀아도 괜찮았다. 공부에 관해서라면 원시공산주의 사회처럼 공평했다. 우등생들은 그들만의 리그에서 경쟁을 계속 벌여갔지만, 원시공산주의 사회에도 독한 원시인 몇 명은 있었으니까. 저런 애들도 있구나 하고 축구를 하러 나갔다.

"교회 가본 적 있지?"

우리집은 별다른 종교가 없었다. 우리집 종교라니, 종교는 각자의 것이 아니라 가족의 것인가. 명절이 되면 차례를 지내고 성묘를 갔다. 초파일에는 절에 갔고 아빠는 가끔 기와불사를 할 때 내 이름을 썼다. 누나 이름은 더 가끔 썼다. 초파일에는 솜으로 만든 코끼리를 만질 수 있어서 좋았다. 일요일이나 크리스마스에 친구 따라 교회에 놀러가도 아빠는 상관하지 않았다. 학교에서 종교를 적어내라면 불교라고 썼다. 무교라고 쓸까 하다가 그만뒀다. 하나쯤 써내야 될 것 같았다. 종교가 중요한 사람도 있지만, 종교에 별다른 관심이 생기지 않는 사람도 있었다.

교회에 가면 과자를 줬다. 할 일 없는 방학 때 여름성경학교에 과자를 받으러 갔다. 여름성경학교에서 받은 성경이 책상 옆 책장에 꽂혀 있어도 나무라지 않았다. 퀴즈를 풀고 공짜로 책 한 권이 생겼으니 잘했다는 식이었다. 성경학교도 학교는 학교니까, 방학이라고 매일 놀기만 하는 것보다 나았다. 어떤 학교든, 어떤 책이든, 아빠에게 학교와 책은 무조건 좋은 것이었다.

꼭 과자 때문에 간 것은 아니었다. 교회에서 나눠주는 과자는 비싸지 않았다. 새우깡 정도는 엄마를 조르는 편이 쉬웠다. 막연하게, 본능적으로, 종교생활도 의식주처럼 기본적으로 필요할 때가 있었고, 절보다 교회가 접근성이 좋았다. 혼자 산속에 있는 절을 찾아가긴 어려웠다.

펭귄에게도 신앙이 생겼나. 나무에도 불심이 있다는 말은 들어봤지만 펭귄이 교회에 가자고 할 줄은 몰랐다. 펭귄과 종교는 겹쳐지는 부분이 없었다. 굳이 펭귄과 종교를 연결짓는다면 좀비를 만든다는 부두교가 어울렸다. 설마 교회에 가서 다른 남자들을 모두 지배하려는 걸까. 펭귄이 해맑게 웃으며 말했다.

"언제나 종교 단체에는 남자보다 여자가 많잖아."

종교도 성실해야 가질 수 있다. 교회는 귀찮았다. 매주 가야 했다. 교회를 격주로 다녀도 천국에 갈 수 있다고 설교하는 목사님은 보지 못했다. 지난주에 갔어도 이번주에 가지 않으면 회개해야 했다.

토요일 밤이 되면 펭귄은 집요하게 보챘다. 펭귄처럼 전도하면 세상에 교회 안 다니는 사람이 없을 것 같았다. 펭귄은 교회에 가야 하는 이유를 조목조목 들었다.

"이 도시에는 죄다 남자 학교나 여자 학교밖에 없어."

맞는 말이었다.

"앞으로 전교 일등만 계속 찍어도 특목고는 못 가."

이것도 맞는 말이었다.

"민달팽이 고등학교나 찾아볼래? 거기도 떨어지겠지만. 그런데 달팽이가 자웅동체인 건 알아?"

펭귄은 말이 많아지고 있었다. 나보다 더 빨리 자라고 있었다. 내가 축구와 컴퓨터를 하는 동안 펭귄은 부쩍 크고 있었다. 나는 키가 조금 더 큰 것을 빼면 초등학교 때와 달라진 게 없는 것 같은데, 똑같이 별 생각이 없었는데, 펭귄은 자꾸 달라졌다.

나도 나를 잘 알았다. 지금부터 열심히 한다고 될 리 없었다. 부모님은 나를 믿지만 나는 나를 믿지 않았다. 세상에 나를 약간이라도 믿는 사람은 부모님밖에 없었다. 공부도 그저 그렇고, 대학에 간다고 찬란한 미래가 기다리고 있을 것 같지도 않았다.

"좋은 말도 듣고, 노래도 하고. 나중에 천국 갈지도 모르고. 뭘 어떻게 하려는 건 아니야. 단지, 진짜 여자가 보고 싶어서 그래."

교회를 다니는 청소년들이 줄어든다는 기사를 봤다. 남녀공학이 사라지면 교회는 새로운 부흥기를 맞이하지 않을까. 교회의 신자가 줄어드는 것은 사회적 물의 때문이 아니라 연애당의 기능을 대신할 곳이 늘어났기 때문이다. 교회는 늘 일정하게 사회에 공헌을 하고, 사고도 공헌만큼 쳤다. 교회가 예전보다 더 나빠졌기 때문에 사람들이 등을 돌리는 것은 아니다. 천국, 인맥, 연애라는 교회의 3대 기능 중 연애의 역할이 예전보다 줄어든 탓이다.

매주 일요일 잠을 포기하고 교회에 갈 수 있을까. 축구 시합도 포기하고. 잠, 축구, 게임과 악수를 제외하면 살아갈 이유가 없었다.

*

"하여간 좋게 말로 하면 안 듣지. 씨발, 생각은 내가 한다니까."

설득보다 협박이 쉽고, 협박보다 폭력이 쉽다. 펭귄의 전도 방법은 확실했다. 펭귄은 한 시간 간격으로 일어나서 깨웠다. 잠이 들면 깨우고, 또 깨우고, 또또 깨웠다. 상대해주지 않으면 몽정을 했다. 악수를 꾸준히 했는데 어떻게 몽정을 할 게 남아 있었지?

금요일 밤부터 못살게 굴었다. 축구 골대 앞에서 멋대로 발기해서 찬스를 놓쳤다. 컴퓨터로 〈삼국지〉 게임을 하는데 갑자기 일어났다. 누나가 비명을 질렀다. 누나는 해명만 하려 들어도 비명을 질렀다. 〈삼국지〉는 야한 게임이 아니라고 설명할 겨를이 없었다.

물론 야한 게임은 몰래 하고 있었다. 〈동급생〉 게임을 모르는 사람은 없다. 남자친구, 남편에게 가서 "자기도 학생 때 〈동급생〉이나, 야한 게임 해봤어?"라고 물어보고, 얼굴 표정 변화를 유심히 살펴보기 바란다. 그 얼굴이 바로 나중에 남자친구, 남편이 바람피우고 시치미를 뗄 때 지을 표정이니까.

*

잠을 안 재우니 도리가 없었다. 펭귄은 토요일 밤이 되면 열두 번씩 일어났다. 펭귄을 달래다 보면 눈이 퀭해지고 팔에 힘이 다 빠졌다. 피곤해 죽겠는데 악수를 하고, 이삼십 분만 지나면 또 해야만 했다. 신문 일면을 장식하게 될 것 같았다. "과열된 교육문제, 반복된 비극 불러." "중학생 의문사, 방 안에서 다량의 티슈 뭉치 발견."

믿기지 않겠지만 하루에 아홉 번까지 악수를 했다. 펭귄의 가죽도 까칠까칠해졌다. 아홉 번을 하고 나서야 펭귄에게 바디로션을 발라주며 교회에 나가기로 약속했다. 펭귄은 약속을 받자마자 쓰러졌다.

*

성경책을 집어들었다. 성경책 위에 먼지가 수북하게 앉아 있었다. 남의 집에 가는데 빈손으로 가기는 뭣해서 천 원짜리 한 장도 챙겼다. 천 원이면 거금이었다. 예전에 받아먹은 과자 값을 갚는다고 치자. 까짓거, 일시불로 갚자.

눈에 핏줄이 선 펭귄이 쉰 목소리로 재촉했다. 신이시여, 불경한 펭귄을 용서해주소서. 이놈도 결국 신의 피조물임을 믿습니다. 어? 신께서는 만드신 적 없다구요?

어릴 때 가봤던 교회는 그 사이에 더 높이 서 있었다. 빨간 벽돌이었던 교회는 번뜩이는 대형 유리 건물로 변했고, 내 키가 자라는 만큼, 펭귄이 자라듯이, 교회도 커져 있었다.

"오오, 아버지께서는 이렇게 말씀하셨습니다. 잠언에 5장 3절부터 5절에 이르기를 '대저 음녀의 입술은 꿀을 떨어뜨리며 그 입은 기름보다 미끄러우나, 나중은 쑥같이 쓰고 두 날 가진 칼같이 날카로우며, 그 발은 사지로 내려가며 그 걸음은 음부로 나아가나니!' 쑥은 무덤에서 잘 자랍니다. 무덤에서 자라는 게 쑥입니다. 따라서 쑥떡은 맛있지만 죽음의 맛입니다."

"할렐루야, 아멘!"

"'네 마음이 음녀의 길로 치우치지 말며 그 길에 미혹지 말지어다. 대저 그가 많은 사람을 상하여 엎드러지게 하였나니 그에게 죽은 자가 허다하니라. 그 집은 음부의 길이라, 사망의 방으로 내려가느니라.' 할렐루야, 사망의 방, 사망의 방!"

"아멘, 아멘! 사망, 사망의 방!"

"나중에 좀 쓰고 날카로우면 어때. 우선 달고 기름지다잖아."

펭귄은 음녀와 음부라는 말이 마음에 든다고 했다. 나는 설교하는 목사님과 눈이 마주쳤을 때 나도 모르게 움찔 떨었다. 예배가 끝나면 곧바로 나를 잡아갈 것 같았다. 이놈, 음란

마귀야!

"잠깐, 학생?"

망설이다 헌금 안 냈는데, 들켰구나 싶었다. 교회를 나오는
데 젊은 남자가 손을 덜컥 잡았다. 반사적으로 손을 빼려고
했지만 어찌나 손힘이 좋은지 꼼짝도 못했다. 강하고 끈적한
손이었다.

젊은 남자는 중고등부 전도사라고 했다. 혼자 왔다는 말에
정말 잘했다고, 함께 신앙생활을 하면 주님께서 지혜와 명철
을 더하여 주실 거라고, 주님의 인도하심으로 교회에 오게 된
거라고 했다. 차마 펭귄이 졸라서 왔다고 말할 수 없었다. 중고
등부 새 신자 카드에 이름, 나이, 전화번호, 주소, 학교, 학년,
반까지 쓰고 나서야 집에 돌아올 수 있었다.

교회도 펭귄을 잡아내지는 못했다. 펭귄은 성공적으로 교
회에 침투했다.

*

"민달팽이, 아는 척하기만 해봐. 십자가에 콱, 못 박아버릴
거야."

누나는 인사만 해도 요단강 강물에 담가줄 거라고 했다. 누
나가 교회에 다닌다는 건 가족 중에 나 말고는 아무도 몰랐

다. 비밀은 아니지만, 누나에게 관심이 없었다. 누나도 나보다 겨우 두 달 먼저 교회에 나가고 있었다. 누나는 예배 시간에 아무것도 모른다는 얼굴로 진지하게 기도했다. 주여, 저 여인의 기도에 속지 마소서. 동생을 민달팽이 취급하는 여인이나이다. 교회에 나오려는 동생을 겁박하는 헤로디아가 저기 있나이다.

*

교회에 가면 사랑에 빠지는 게 정석이다. 책에서도, 영화에서도 교회나 성당에 가면 사랑에 빠졌다. 사랑의 종교라서 그럴지도 모르고, 남녀가 만나서 사랑 외에 할 것이 없어서 그런 것인지도 모르겠다. 만약 교회에서 마음에 드는 사람이 아무도 없다면 성직자의 진로도 고려해보기 바란다. 교회에서는 누군가 한 명은 반드시 마음에 들게 되어 있다. 이성이냐 동성이냐는 관계없이.

교회에서는 서로를 형제님, 자매님 하고 불렀다. 너희들은 같은 가족이니까 진짜 사랑할 생각은 꿈도 꾸지 말라는 소리처럼 들렸다.

수진이는 교회에서 제일 예뻤다. 제일 예쁜 애를 보고 가슴이 뛰었지, 아무나 보고 반하지는 않았다. 수진이는 스페이드 8만큼이나 아름다웠다. 얼굴이 하얗고 눈이 크고 이런 묘사 따위는 필요하지 않았다. 수진이는 여학생 쉰 명 중에서 제일 예뻤다. 어디가 어떻게 예쁜지 따질 필요가 없었다. 확실하게, 의심할 바 없이, 보지 않고 믿는 자가 참되듯이, 제일 예뻤다. 취향도 성격도 인성도 도덕도 윤리도 관계없이 제일 예뻤다. 모두가 동의할 것 같았다. 남학생들은 모두 수진이를 보러 교회에 나오는 것 같았다. 누나를 보러 교회에 오는 남학생이 있다면 목사님 대신 의사를 찾아가야 마땅했다.

"쟤 예쁘지? 예뻐. 쟤도 예쁜데? 와, 이때까지 봤던 애들 중에 제일 예뻐. 여기 천국 아니야?"

말이 많아져도 좋다. 펭귄의 말이 옳았다. 교회에 돌아온 후 펭귄은 매일 찬송가를 불렀다. 일요일 밤의 악수는 유난히 힘찼다. 악수를 할 때 수진이는 떠올리지 않았다. 악수 도중 수진이가 떠오르면 힘이 빠졌다. 성경에 손을 얹고 수진이를 상상하며 악수를 끝낸 적은 한 번도 없다. 어딘가 어색했고 자연스럽지 않았다. 상상 속 수진이의 신음소리는 국어책을 읽는 것 같았고, 발그레한 얼굴을 떠올리면 조잡한 합성 사진 같았다.

성경은 악수를 할 때 무엇을 상상해도 좋은지에 대해서는 말해주지 않았다. 하지 말라는 것은 많았지만 할 수 있는 것은 없었다. 신앙과 악수의 공존은 정녕 불가능한가. 누나 말대로 나는 민달팽이에 불과했고, 북극곰은 민달팽이의 끈적한 점액질 같았고, 펭귄은 자주 혐오스러웠다. 하지만 펭귄의 명령은 어길 수가 없었다. 자책감은 악수가 끝나는 순간에 불과했다.

일요일 밤에는 북극곰이 더 많이 울었다. 신이 난 펭귄을 말릴 수 없었다.

*

악수 이상은 상상하지 못했다. 매일 악수를 하지만 그 이상은 어쩐지 현실감이 없었다. 키스도 마찬가지였다. 남자들에게 키스는 달콤하고 낭만적이라기보다 어디까지나 최종 관문으로 넘어가기 위한 과정 같은 것인데, 키스도 안 하고 가슴부터 만졌다가는…… 어쨌든 키스조차 막연했다. 상상력이 부족하진 않았는데.

키스나 섹스보다, 우선 눈에 보이는 가슴에 정신이 팔려 있었다. 중요한 것은 가슴이었다. 크기는 중요하지 않았다. 가슴이면 다 좋았다. 수진이의 가슴은 아마도 작았다. 얼굴이 예쁘면서 가슴까지 큰 여자가 흔할 리 없다. 예쁘고 늘씬한데 가슴이 큰 것은 신의 섭리에 어울리지 않았다. 얼굴이 과락이면 가슴에서 아무리 가산점을 얻어도 소용없었다. 가슴도 좋았지만 핵심은 얼굴이었다. 가슴이 있기만 하다면야.

수진이의 얼굴만 좋아했다. 내 성격도 제대로 모르는데, 몇 번 본 게 전부인 수진이의 성격을 알 리가 없었다. 본 것이라 고는 기도하고 찬송을 부르는 모습밖에 없었다. 외면 말고는 볼 줄 아는 게 없었다. 누구도 상대방의 내면을 사랑해야 한 다고 진심으로 말해주지 않았다. 선생님들은 머리에 피도 안 마른 녀석이 쓸데없는 짓거리를 한다고 혼냈고, 부모님들도 공부나 하라고 했다. 보기 쉬운 외면에 비해 감춰진 내면을 아는 것은 어려웠다. 내면이 중요하다고 하면서도 내면에 대해 가르쳐주거나 존중하는 모습을 보여주는 사람은 없었다. 과연 내면이라는 게 있는지 의심스러운 어른들이 대부분이었다.

진리는 태어날 때부터 아는 게 아니다. 진리도 배우지 않으 면 모른다. 수학은 진리고, 진리는 수학과 같다. 한 번 배워서 는 진리도 금방 잊어버린다. 공식 하나 외운다고 시험 문제를 모두 풀 수 있는 것은 아니다. 여러 번 계속해서 고민하지 않 으면 안 된다. 여자를 사랑하는 법을, 이성을 성적 대상이 아 니라 같은 사람으로 보는 법을 몰랐다. 지금도 잘 모른다는 게 문제지만. 포르노의 잘못은 아니었다. 그냥 사람에 대해 무지 했다.

또래 여자와 말을 해본 것도 손에 꼽혔다. 운동장 사건 이 후로 초등학교를 졸업할 때까지 나와 놀아주는 여자아이는 없었다. 여자에 익숙해지기 위해서라도 교회에 나가야 한다는 펭귄의 말은 확실히 옳았다. 교회라도 다니지 않았다면 더 영 망이었을지도 모른다.

수진이는 이름도 마음에 들었다. 예배가 끝나고 어떤 남자 가 수진아, 하면서 그녀에게 다가갔다. 어떤 남자는 중고등부 회장이라고 했다. 첫인상부터 마음에 들지 않았다. 회장이 나 타나자 중고등부 학생들이 우르르 일어나며 서로 인사하려고 난리법석이었다. 교황이라도 납신 줄 알았다. 회장은 누가 봐 도 교회나 열심히 다니게 생긴 얼굴이었다.

*

학교에서는 공부 잘하는 애가 제일이다. 운동장에서는 축구 잘하는 애가 최고고, 미팅 자리에서는 얼굴 잘생긴 애가 1등이 다. 그렇다고 교회에서는 신앙심 좋은 사람이 최고라고 대답 하는 사람은 교회에 다녀본 적이 없는 사람이다. 교회에서도 공부 잘하고 운동 잘하고 잘생긴 애가 당연히 제일이다.

신앙심은 얼굴처럼 금방 알아볼 수 없다. 겉으로 드러나는 신앙심은 대부분 가짜다. 진짜 신앙심은 내면에 있다. 성적표 처럼 등수가 매겨 나오는 것도 아니다. 회장 형은 공부도 잘하 고, 운동도 잘했다. 이해가 되진 않았지만 다들 잘생겼다고 했다. 군이 교회에 다니지 않아도 이미 구원받은 것 같은데, 대체 왜, 신은 가난한 자를 위해서 이 땅에 오셨다는데, 대체 왜. 신이시여, 이 땅의 황무함을 보소서, 역시 구원은 아직 오지 않은 것입니까. 회장 형의 수작이 빤히 보였다. 신이시여, 아흔아홉을 가지고도 백을 채우려는 회장 형을 벌하소서. 왜 못 들은 척하십니까.

"마태복음 5장 28절부터 30절에 이르기를 '나는 너희에게 이르노니 여자를 보고 음욕을 품는 자마다 마음에 이미 간음하였느니라. 만일 네 오른눈이 너로 실족케 하거든 빼어 내버리라. 네 백체 중 하나가 없어지고 온몸이 지옥에 던지우지 않는 것이 유익하며 또한 만일 네 오른손이 너로 실족케 하거든 찍어 내버리라. 네 백체 중 하나가 없어지고 온몸이 지옥에 던지우지 않는 것이 유익하니라.' 성도님들! 찍으십시오, 찍어버리십시오!"

크리스마스를 앞두고 왜 이런 설교를 들어야 하는지 모르겠지만, 설교 말씀을 들으면 불안해졌다. 여자를 보고 음욕을 품는 것이 죄라면 남자들은 일 분에 한 번씩 죄를 짓는 셈이다. 오른 눈을 내버리라니, 지옥을 무기 삼아 휘두르는 협박이다. 누군가를 바라보는 것이 죄가 된다니. 세상 사람들을 모두 지옥에 보낼 핑계같이 들렸다. 북극곰은 교회에서 설교 말씀을 들으며 천천히 고개를 끄덕였다. 북극곰이 우는 소리가 우어어어아아아멘처럼 들렸다.

"아아아아아, 듣기 싫어. 나 자르고 살 수 있어? 찍어버릴 수 있어? 우리 절에 가자. 응? 운동도 되고, 좋은 공기도 마시고."

변덕은 펭귄과 잘 어울렸다. 이따금 펭귄은 귀를 막고 소리를 질렀다. 아무것도 어떻게 할 수가 없었다. 음욕은 품는 것이 아니라 저절로 생기는 것이었다. 펭귄이 깨어난 후 여자를 보면 자연스럽게 야한 마음이 떠올랐다. 야한 생각은 나쁜 마음을 먹어서도 아니고, 의도적인 것도 아니고, 그냥 숨쉬는 것처럼 인식하기도 전에 하고 있는 것인데. 길바닥만 보고 다닐 수도 없는데. 펭귄을 잘라버리면 화장실은 어떻게 가지.

"이러면…… 안 되는데……."

북극곰의 목소리는 늘 한 발 늦었다. 안 되는 일이면 진작 좀 말하지. 왜 꼭 뒤늦게 말해서 사람을 괴롭히나. 북극곰을 보며 이미 일어난 일을 두고 나중에 가서 그럴 줄 알았다는 말을 하면 안 된다는 것을 깨달았다. 어쩌라고.

*

크리스마스이브가 되면 교회에서는 공식적인 외박 모임이 있었다. 남녀가 어울려 하룻밤을 신나게 노는 일만큼 설레는 일은 없었다. 외박을 올나이트라고 불렀다. 역시 영어로 부르니까 괜찮게 들렸는지, 무슨 뜻인지 몰랐던 것은 아닌지, 부모님 허락도 받아냈다. 이브 밤부터 크리스마스 오전까지 교회에서 밤새 놀았다. 이브 저녁에는 성대한 성탄절 행사가 있었고, 준비는 대개 중고등부에서 담당했다. 점잖은 장로님이나 집사님들이 연극을 할 수는 없었다. 장로님에게는 특별 찬송 정도가 어울렸다. 크리스마스 새벽에는 각 가정을 돌면서 찬송을 불러주고 가정에서는 답례로 간식을 준비했다. 일종의 지신밟기였다. 지신을 밟아 달래고 안녕을 기원하는 것이나 새벽에 가서 찬송가를 불러주는 것이나 별다르지 않았다. 성탄절 행사와 새벽 찬송이 올나이트의 명분이었다.

올나이트의 백미는 마니또였다. 단순한 선물 교환이었지만 뽑기가 주는 흥분이 있었다. 선물을 모아두고, 그 주위에 둥글게 앉아 한 명씩 선물을 가져갔다. 누가 자신의 선물을 뽑아 갔는지 볼 수 있었다. 자신의 선물을 가져간 사람을 다음 크리스마스이브 때까지 수호천사가 되어 일 년 동안 몰래 도와줬다. 마음에 드는 마니또를 뽑으면, 정확히 말하면 뽑히는 것이지만, 교회를 일 년 더 다닐 수밖에 없었다. 자기 선물을 가져간 사람이 마음에 들지 않아도 누군가는 자신의 마니또니까, 혹시 또 모르니까, 기대 때문에 교회를 계속 다닐 수도 있었다.

마니또는 재호 같았다. 누군가를 돕는 일로 행복할 수 있다니. 마니또가 아니라면 회장 형 같은 사람이 모든 인기를 독차지할 것이다. 모두에게 평등하게 하나씩, 싫어도 하나씩은. 잘못 뽑혀도 일종의 패자부활전까지 있는 셈이었다. 올나이트에 오기로 한 남학생이 서른 명 정도, 여학생이 마흔 명 정도였다. 여학생 쪽에서 선물 다섯 개 정도가 남학생 쪽으로 이동했으니, 수진이가 내 선물을 뽑아갈 확률은 삼 퍼센트였다. 나는 작은 갈색 다이어리를 샀다. 삼 퍼센트였지만, 삼 퍼센트에게 내가 준비할 수 있는 최고의 선물이었다. 작은 인조가죽 다이어리에 한 달 용돈이 들어갔다. 다이어리 뒤편에 펭귄 스티커를 붙였다.

*

"내려가서 초 상자 좀 가져올래?"

망할 회장 형 때문에 수진이가 뽑는 장면을 보지 못했다. 회장 형은 내가 선물을 뽑자마자 기다렸다는 듯이 심부름을 시켰다. 초를 찾아 들고 왔을 때 수진이는 가방에 선물을 집어넣고 있었다. 회장 형 등에 가려서 분명하게 보이지는 않았다.

내가 뽑은 건 H. O. T. 테이프였다. 수진이가 H. O. T. 팬이라는 이유 하나만으로 근거는 없지만 수진이의 선물이라고 믿었다. 얼마 전에 수납장 정리를 하다 보니 아직도 그 테이프가 있었다. 겉포장 그대로 모셔져 있었다. 들어보고 싶었지만 이 제는 재생할 수 있는 카세트가 없었다.

올나이트는 끝났고 누나는 집에 와서 울었다. 어찌나 서럽게 울던지 크리스마스가 예수님 생신인지 기일인지 헷갈렸다. 누나는 민달팽이가 뒤에서 졸졸 기어오는 줄도 몰랐는지 방에서도 이불을 뒤집어쓰고 울었다. 조용히 모른 척 잠들었다. 크리스마스 아침, 누나는 뭔가를 박박 찢었다. 다음주부터 누나는 교회에 나가지 않았다. 누나는 지금도 자신이 무교라고 말한다.

4

누구를 위하여 종은 울리나

IMF 덕분에 내 방이 생겼다.

올나이트에 갈 수 있었던 이유는 IMF 사태가 심각했기 때문이다. 부모님은 정신이 없었다. 나라가 망하기 전에 집이 망할 처지였다. 그래도 중학생에게 IMF는 새로 외워야 할 영어단어 정도였다. 나라가 망했다고들 하지만 무엇이 어떻게 망했는지 몰랐다. 매일 암담한 뉴스가 쏟아졌지만 매일 듣다 보니 금방 무덤덤해졌다. 달러가 없다고 난리였지만 실제로 달러를 본 적도 없는 내게는 와 닿지 않았다. IMF가 와도 하루는 스물네 시간이었고 학교는 계속 가야 했고 때가 되면 배는 고팠다.

"더 험한 꼴 보기 전에 그만두지."

구조조정은 사장이나 임원은 가능한 한 살리는 대신 아빠들을 잘랐다. 아빠는 버틴다고 버텼다. 아빠는 자면서도 끙끙거렸다. 거실에서 몰래 게임하면서 아빠가 앓는 소리를 들었다. 아빠는 벌떡 일어나 컴퓨터 앞에서 얼어붙은 나를 멍하니 보더니 베란다에 가서 담배를 물었다. 줄담배를 피우던 아빠는 나를 잠깐 쳐다봤다가 다시 안방으로 들어갔다. 정신없던 아빠는 둘 중 하나를 선택해야 했다. 정신이 완전히 나가거나, 그 전에 회사를 그만두거나.

아빠의 한숨을 버티다 못한 엄마는 사직서를 쓰라고 했다. 힘들어하는 아빠 때문에 엄마도 정신이 나갈 지경이었다. 아빠는 기다렸다는 듯 사직서를 꺼냈다. 회사도 기다렸다는 듯 사직서를 수리했다. 엄마의 말 한마디에 아빠와 회사까지 착착 움직였다. 퇴직기념식이 보름에 한 번씩 열린다고 했다. 아빠는 안 보는 게 낫다고, 퇴직기념식에 아무도 못 오게 했다. 엄마는 저녁에 그동안 고생한 아빠를 위한다며 모처럼 집에서 소고기를 구웠다. 아빠는 소주만 마셨다. 괜찮아, 잘될 거야, 너희는 걱정할 필요 없어. 아빠의 말은 초등학교 일학년이 국어책을 읽는 것 같았다.

나중에 아빠는 어떻게든 남아 있었어야 했다고 두고두고 후회를 했지만, 그때는 어떻게라도 더 버틸 수가 없었다. 붕어빵에 붕어가 없듯이, 명예퇴직에 명예는 없었다. 약간의 위로

금을 더한 퇴직금만 있었다.

한겨울에 이사를 했다. 작은 집에서 끊임없이 버려야 할 게 나왔다. 새집은 살던 집보다 평수는 작았지만, 방은 더 많았고 집값은 더 쌌다. 집을 줄여가며 이사를 했는데 방은 오히려 하나 더 늘었다. 새집은 오래된 헌집이었다. 학교가 멀어졌지만 다닐 수 있는 거리였다. 살아보니 쌀 수밖에 없는 집이었다. 여름과 겨울에는 특히 더 싼값을 했다.

십 년이 지나서 IMF 이야기를 다시 들었다. 누나가, 아빠 회사 그만뒀을 때 말야, 하던 이야기를 듣고서야 아, 그게 그거였구나 하고 머릿속에서 차르르 정리가 되었다. 현재가 되어야만 이해할 수 있는 과거의 일이 있었다. 누나는 소원이던 자기 방이 생겼는데도 이사하는 날 울었다. 회장 형 때문에 또 우는 줄 알았다. 나는 이사를 가는 것도 이틀 전에 짐을 싸면서 알았다.

누나는 더 이상 나를 민달팽이라고 부르지 않았다. 대신 말도 걸지 않았다. 누나는 집에서 내가 보이지 않는 것처럼 행동했다. 수진이를 좋아한다는 것을 알고 남자들은 다 여우 같은 애만 좋아한다고 한 번 신경질을 거세게 부린 게 전부였다. 회장 형은, 괜찮냐고 누나 안부를 묻곤 했다. 숨긴다고 숨겼지만 교회 사람들은 우리가 남매라는 것을 알고 있었다. 귀가 너무 닮았다.

누나 방은 늘 잠겨 있었다. 민달팽이에서 투명인간으로 격하된 기분이었지만 나도 누나에게 관심 없었다. 그래도 투명인간은 사람이긴 사람이니까, 나쁘지 않았다. 민달팽이고 투명인간이고 하여간 잔소리를 하지 않는 것만 해도, 부모님께 잘못을 이르지 않는 것만 해도 다행이었다. 아주 가끔은, 민달팽이를 상대해줄 때가 덜 심심했다는 생각이 들었다.

*

내 방을 가진 첫날밤도 아무 생각 없이 습관적으로 악수를 하려고 티슈를 뽑았다.

"이러면…… 안 되는데……."

처음으로 북극곰이 펭귄보다 먼저 말했다. 펭귄이 북극곰 목소리를 흉내내며 장난치는 줄 알았다. 아직 펭귄이 깨어나지도 않았는데 북극곰이 먼저 어슬렁거렸다. 아무리 살펴봐도 펭귄은 보이지 않았다. 북극곰 혼자 웅얼대다가 사라졌다.

북극곰이 가고 나서 다시 펭귄을 불렀다. 펭귄이 좋아하는 야설을 읽어도 아무 반응이 없었다. 안심하고 악수를 할 수 있는 내 방이 생겼는데, 부르기 전에도 먼저 나타났던 펭귄이? 심신일체 아니었나? 그날 밤 펭귄은 끝까지 일어나지 않았다. 나도 이사를 하느라 피곤해서 더 이상 펭귄을 부를 힘은 없었다.

"이러면…… 안 되는데……."

잠결에 북극곰의 목소리를 다시 들었다. 자고 있으면 펭귄이 왔다 가려나. 뭔가 이래서는 안 될 것 같은 기분으로 잠에 빠져들었다.

*

이래서는 안 된다는 것을 알면서도 게임만 했다. 다음주가 중간고사인 것을 알면서도 게임만 하는 학생에게 십 년 이십 년 후의 미래에 대해 잔소리하는 것은 아무 쓸모가 없었다. 펭귄, 게임, 수진이만 있으면 걱정이 없었다. 아빠는 그래도 네가 이 집의 기둥이라고 중얼거렸지만, 그렇게 말하는 아빠도 나를 진짜 기둥이라고 여기는 것 같지는 않았다. 우리집은 기둥 없이 지붕만 붕 떠 있었다. 신기하게도 그런 식으로도 지붕이 무너지지 않았다. 기둥 없이도 사는 법을 배웠던 것일까. 펭귄, 게임, 수진이만 있으면 그만이었다.

교회는 열심히 나갔다. 기도하는 수진이, 어쩌면 저렇게 말도 차분하게 잘할까, 찬양하는 수진이, 가수해도 되겠어, 중고등부 회장 형과 이야기하는 수진이…… 왜 저 형은 이 년째 장기집권하고 있지? 독재가 웬 말이냐. 고등학교 삼학년이 공부는 안 하고 무슨 중고등부 회장을 또 하고 있는지 모르겠다. 교회가 대학 보내주는 곳도 아닌데.

"쯧쯧, 공부 좀 해."

펭귄이 대놓고 나를 무시하기 시작했다. 펭귄에게서 공부하라는 말이 다 나왔다. 부모님이 죽어라고 공부하라고 해도 안 하는데 악수나 하는 펭귄 말을 들을 리가 없었다. 펭귄은 예전보다 부쩍 커져 있었다. 펭귄 주변에 털도 수북했다. 펭귄만 보이던 눈에 주변의 숲이 보인 건 그 뒤였고, 나무를 뚫어지게 보다 보면 숲은 보이지도 않았다. 나무를 보지 말고 숲을 보라는데 숲이고 나무고 관심 없었다. 나름대로 사소한 걱정은 있었지만, 진지한 걱정은 내일, 모레, 또 내일에나 할 일이었다.

*

포르노 테이프는 귀했다. 우리집 비디오는 오래전부터 화면이 나오다 말다 했다. 어렵게 재호에게 포르노 테이프를 하루 기한으로 빌려왔는데 무슨 수를 써도 화면이 어둡게만 나왔다. 사람이 하는 것인지 귀신이 하는 것인지 구분도 안 갔다.

영상물은 귀했다. 봤다는 말만 무성했지 막상 갖고 있는 애는 없었다. 집안 장롱을 뒤지면 하나쯤은 있다고 했지만 아무리 뒤져도 아무도 입지 않을 옛날 옷들과 나프탈렌만 나왔다.

에로 비디오를 빌려보는 것도 어려웠다. 비디오 대여점에서는 에로는 고사하고 18세 딱지만 붙어 있어도 학생들에게는 빌려주지 않았다. 대여점 아저씨의 안목에 부합하는, 18세 관람불가 판정을 받았지만 작품성이 있는, 영상물심의위원회의 평가에 동의하기 어려운, 명작 영화 테이프만 간신히 허락받았다. 자칭 비디오 평론가라고 주장하던 대여점 아저씨의 비위를 잘 맞춰야 명작 18세 관람불가 영화라도 빌릴 수 있었다. 추천 영화가 재미없다고 했다가는 다시 〈철인 28호〉나 빌려봐야 했다.

기껏해야 아저씨 몰래 에로 비디오 코너에서 비디오 케이스에 인쇄된 사진 구경이 고작이었다. 젖소부인이 바람을 나거나 말거나 꽈배기부인 몸이 풀리거나 말거나 우리에게는 우유 한 방울, 설탕 한 톨 떨어지지 않았다. 대여점 아저씨는 발랑 까진 것들이라며 케이스 구경만 해도 혼을 냈다. 발랑 까진 것으로 먹고 살고 있으면서. 미래의 고객을 무시하다니.

친구들끼리 모여서 봤던 에로 비디오는 빌린 게 아니라 훔친 거였다. CCTV가 드물었기 때문에 솜씨만 좋으면 케이스째 비디오테이프를 훔칠 수 있었다. 멍청하게 알맹이만 빼고 다시 케이스를 꽂아두려다가 걸리는 경우도 있었다. 알맹이만 빼고 다시 케이스를 꽂아두는 것보다 케이스째 훔치는 게 더 쉬웠다. 위험비용이 포함된 물건인 만큼 한 번 보려면 아부나, 돈이나, 상당한 대가가 필요했다. 친구들끼리 비디오 대여점을 털어버릴 계획도 세워봤다. 옆 동네에서는 비디오 대여점이 털렸는데, 금고는 그대로 있고 에로 비디오만 사라졌다는 소문도 돌았다.

*

얻기 어려운 비디오테이프 대신, 누구에게나 열려 있는 디지털 사진이 등장했다. 바야흐로 정보화 시대가 열렸다. 트럼프에 몰두하던 때가 불과 얼마 전인데. 세상은 빠르게 변하고 있었다. 스페이드 8은 잘 살고 있을까. 학교 소각장에 들어가진 않았겠지.

야설에 싫증을 느끼던 펭귄이 다시 힘을 얻었다. 마치 펭귄을 위한 것인 양, 포르노 사진이 들어오기 시작했다. 인터넷은 본격적으로 보급되지 않았지만 야금야금 몇 장씩 사진이 돌았다. 데이터는 얼마든지 나눌 수 있었고, 나눈다고 해서 내 몫이 줄어들지 않았다. 모두 사진에 있어서만큼은 무한한 공유 정신을 갖고 있었다. 모두가 아낌없이 주는 나무였다. 이것도 봐봐, 그러지 말고 여기 새로운 것도 복사해줄게. 새로 입수한 사진을 복사해주는 것을 자랑스럽게 여겼다. 재호가 재호를 낳았고, 많은 재호들이 득실거렸으며, 모두가 재호가 될 수 있었다. 남자들이 모이면 암묵적인 서열 관계가 반드시 생기듯, 남자들 무리 중에는 꼭 한 명 이상의 포르노 공급책이 있었다.

컴퓨터를 배워두기 잘했다. 디스켓은 여러모로 테이프보다 유용했다. 부피부터 차이가 났고 복사도 쉬웠다. 테이프를 복사하려면 비디오 두 대가 필요했는데 비디오가 두 대인 집은 거의 없었다. 게다가 부모님은 컴퓨터를 할 줄 몰랐다. 디스켓을 눈앞에 보고도 속수무책이었다. 부모님들은 컴퓨터로 고스톱만 칠 줄 알아도 컴퓨터 박사님 소리를 들었다. 증거물이 있어도 증거를 확인할 능력이 없었다.

학교에서 거래하기에도 쉬웠다. 선생님의 감시망을 피해 교과서나 문제집 사이에 끼워 다녔다. 개미가 쌀을 한톨 한톨 나르듯 디스켓에 사진을 담아 하드디스크에 저장했다. 추수를 끝낸 농부의 마음을 이해할 수 있었다. 게으른 베짱이는, 바이올린이나 켜며 악수하라지. 가득 모인 사진을 보면 마음이 뿌듯했다. 개미처럼 부지런히 살아야겠다는 생각이 들었다. 사진을 많이 모으고, 모은 사진으로 더 많은 사진을 모으고, 나중에 사진 장사를 시작하고, 사진 부자가 되고……

*

아무것도 하지 않아도 마음만은 평안했다. 아무것도 하지 않아서 좋은 시절이었다. 유치원 때 이후로 처음으로 아무것도 하지 않고도 마음 편히 살았다. 우리집에서는 나만 행복하게 살았다. 후회는 많이 들지 않는다. 그때 열심히 살았다고 지금 잘살 것 같지도 않고, 그때라도 행복했던 게 좋은 것 같다.

무엇도 하지 않는 즐거움을 누렸고, 딱히 스트레스를 받지도 않았다. 잔소리야 들었지만 신경 쓰이지 않았다. 놀랄 만큼, 부모님이나 선생님에게서 야단을 들어도 아…… 하는 기분만 들었다. 혼나면서도 이따 할 게임을 어떻게 깨야 할지 골몰했다. 아빠의 실직 덕분에, 컴퓨터만 한다고 혼나면서도 학원에 가라는 말은 듣지 않았다. 실직이 얼마나 장기화될지 몰랐다. 컴퓨터를 때려 부수겠다는 것은 말뿐이었다. 삼백만 원을 주고 샀던 컴퓨터를 부술 용기는 아빠에게 없었다. 아빠는 남은 인생 동안 이제는 한 번도, 어디를 가도, 한 달에 삼백만 원을 벌어올 일은 없다는 것을 알고 있었던 모양이다. 예전 같은 월급을 받아왔다면 술김에 모니터 정도는 깨버릴 용기를 낼 수 있을지도 모르겠지만.

*

　　좋아했고, 혼자서 사랑했고, 보고 싶었고, 보고 있으면 좋았지만, 그 정도에 만족했다. 누군가를 사랑할 수 있었던, 처음이자 마지막 경험이었다. 무엇인가를 해야겠다는 생각은 들지 않았다. 우리 반에서 여자친구가 있는 애는 한 명도 없었다. 아무도 그것을 이상하게 여기지 않았다. 소위 좀 논다는 애들도 여자친구는 없었다. 우리 반이 다른 반보다 특별히 더 외모의 평균치가 낮지도 않았다. 그냥, 사귄다는 개념 자체가 희박했다. 사귄다는 것도 만들어진 개념이 아닐까. 남녀의 고백은 오래 전부터 있었지만, 한 명이 사귀자는 말을 하고, 그날부터 첫날을 세기 시작하고, 백일이 되면 뭔가를 챙기고, 헤어지자는 말을 분명하게 하고, 주변 사람들에게 헤어졌다고 선언하고⋯⋯ 온갖 분탕질을 치고 다녀도 그저 그런 중학교 남학생들은, 그저 그런 중학생일 뿐이었는지도 모른다.

　　수진이와 사귀고 싶다는 생각은 해보지 못했다. 수진이가 좋았던 게 전부였다. 마음은 전하고 싶었다. 어떻게 하면 수진이가 내 마음을 알까.

　　우선 악수부터 하고. 새로 입수한 사진이 있으니까.

화이트데이가 오자 선물을 해야겠다는 강박이 들었다. 화이트데이, 흰 날, 사탕 주는 날, 화이트데이는 화이트데이, 그러니까 화이트데이니까. 사랑이 기념일을 만드는 것인지 기념일이 사랑을 만드는 것인지 헷갈렸지만 어쨌든 화이트데이니까, 마음을 전하고 싶었다. 대답은 못 들어도 괜찮았다. 그래야만 할 것 같았다.

"공자님은 네 나이 때 학문에 뜻을 두셨거늘. 난 왜 이런 좆같은 새끼 아래에서 태어났을까."

펭귄이 한탄했다. 펭귄은 부쩍 예민해지고 있었다. 악수를 하고 나면 나보다 더 허망한 표정을 지을 때가 늘어났다. 예전처럼 깔끔하게 만족하지 않고 어딘가 모르게 불안해했다. 북극곰과 싸우는 날도 잦아졌다. 펭귄과 북극곰은 체급에서 상대도 되지 않았는데, 펭귄은 이기지도 못하면서 난동을 부렸다. 북극곰이 착해서 그렇지 조금만 반격하면 펭귄은 금방 멀리 날아가버렸다. 북극곰은 침착하고 느릿느릿하게 펭귄을 때렸다.

화이트데이는 3월이고, 3월이 약간 춥긴 하지만 봄은 봄이고, 봄에 어울리는 선물은 찾기 어려웠다. 목도리나 장갑? 문방구에 가면 목도리를 팔겠지? 물어볼 사람이 없었다. 차마 누나에게 물어볼 수는 없었다.

"선물? 스타크래프트 어때?"

"말이 되는 소리를 해, 병신아. 스타 좆도 재미없어."

"그건 네가 못하니까 그런 거고."

"좆만아, 너보다 잘하거든."

펭귄 말고도 친구들은 왜 그렇게 그걸 좋아했는지, 다들 말만 하면 입에서 그게 후두둑 쏟아졌다. 그거 같은 놈들.

할 수 없이 사탕을 샀다. 목도리보다 사탕이 쌌다.

문제는, 편지도 썼다.

*

사탕도 샀고, 편지도 썼다. 그다음은 생각하지 않았다. 전달할 방법이나 시간, 장소, 할말 따위는 아무 고려도 하지 않고 무작정 마음을 전하겠다는 생각만 했다. 막상 선물을 준비하고 나니 무엇을 해야 할지 몰랐다. 사랑하는 사람은 아무것도 내다볼 수 없으니까. 사랑은 준비되지 않으니까. 내가 왜 지금 이러고 있지? 맞다, 화이트데이니까 그렇지. 무슨 말을 하지?

"어제, 어제가 화이트데이잖아."

1998년 3월 15일이 일요일인 게 천만다행이었다. 어제가 화이트데이니까 오늘 선물을 준다, 완전 자연스럽고 설득력 넘치는 이유잖아?

"이거 나 주는 거야?"

난감해하던 수진이는 한참 후에 웃으며 사탕을 받았다. 복잡한 표정이 지나간 것 같았는데, 수진이의 얼굴을 제대로 바라보지 못해서 확신할 수는 없다.

이게 뭐냐고 묻거나, 왜 나에게 선물을 주냐고 묻거나, 이런저런 질문들로 난처하게 만들지 않았다. 포장 뒤에 붙은 대문짝만 한 편지 봉투에 그려진 곰탱이가 대신 비웃고 있었다. 더할 말이 없어 머리만 긁적이다가 돌아섰다. 가끔 지나가다가 인사 정도는 했었는데. 도저히 눈을 마주칠 자신이 없었다. 입술을 바라봤다가 민망해서 가슴으로 내려왔다가 기겁하고, 다시 위로 올라왔다가 민망해서 고개를 떨궜다. 고개만 위아래로 움직이다가 바닥만 바라봤다. 껌 자국과 눈이 마주쳤다. 껌 자국이 웃는 입모양 같았다.

"껌을 사랑했던 거야? 한 통 사줄까?"

펭귄이 집에 오는 내내 이죽거렸다. 펭귄의 말을 되씹었다. 씹을수록 펭귄의 말을 인정할 수밖에 없었다. 순수고 순진이고 나발이고 지금도 그 기억이 떠오르면 자다가 끙끙 신음소리를 내고 이불을 찬다. 사탕은, 사탕까지는 이해할 수 있다. 지금도 화이트데이가 되면 그냥 사탕으로 때우고 싶다. 그런데 대체 편지는 왜 썼을까.

과거에 내가 했던 말과 행동은 모두 암담하기만 하다. 말은 하면 할수록 손해가 맞았다. 차라리 스타크래프트 시디를 샀으면 어땠을까.

*

삐삐. 삐삐. 삐삐.

학교와 집만 왔다갔다하면서도 삐삐가 있었다. 다 갖고 있으니 나도 갖고 싶었다. 학교에서 남학생들끼리 삐삐는 쓸 일이 없었지만 교회에서는 서로에게 음성메시지를 남기는 것이 사교라고 생각했다. 별 내용은 없었다. 지금도 메신저로 이런 저런 사진이나 좋은 글귀를 공유하는 사람들을 보면 삐삐가 떠오른다.

사탕을 주기 전까지, 수진이는 우정으로라도 음성메시지를 남긴 적이 없었다. 나도 부끄러워서 몇 번 삐삐를 쳤다가 마지막 음성메시지를 저장하기 직전에 전화를 끊었다. 비가 오는데, 날씨가 좋아서 라디오를 듣는데 좋아하는 노래가 나온다는 말을 차마 남길 수 없었다. 그런데 수진이가 음성메시지를 보내왔다. 한 번도 오지 않은 번호였지만, 수진이 번호는 보자마자 알아볼 수 있었다.

"사탕 고마워. 잘 먹었어."

음성메시지는 짧고 간단했다. 그 외에는 정말 아무것도 없었다. 사탕 잘 받았고 사탕 맛있었고 사탕 고마웠고 사탕……그냥 사탕 이야기가 전부였다. 수진이가 사탕을 이렇게 좋아했나? 알고 보니 사탕 마니아인가? 그런데 편지 읽는 건 깜빡했나? 편지 이야기는 왜 안 하지?

"사탕은 달잖아. 달콤한 기분이라는 게 아닐까?"

"야, 안 단 사탕도 있나?"

"있거든? 인삼맛 계피맛."

"야, 인삼 사탕도 밑바탕은 달아. 어떤 맛이라도 달지 않은 사탕은 없어."

"근데 수진이라는 애 예뻐?"

"야, 예쁘니까 좋아하겠지. 아님 쟤 눈에는 예쁜가 보지."

친구들이 떠들거나 말거나, 나에게는 오직 수진이가 음성메시지를 남겼다는 점만 중요했다. 쉬는 시간만 되면 공중전화로 뛰어가 음성메시지를 반복해서 들었다. 음성메시지를 머리에 박아 넣고, 종이에 옮겨 쓰고 싶었다. 한 글자 한 글자 조심스럽게 종이에 음성메시지를 받아 적었다.

나도 음성메시지를 남겼다. 잘 먹었다니 기쁘다, 다음에 또 사탕을 주고 싶다, 나는 청포도맛이 좋은데 우리 반에는 인삼맛을 좋아하는 이상한 친구가 있다, 사실 모든 사탕은 다 달다는데 재밌지 않냐고 했다. 라디오를 듣는데 좋아하는 노래가 나왔다는 말도 해버렸다. 그날 밤 다시 수진이에게서 삐삐가 왔다. 이번에도 별 내용은 없었다. 사탕에 대한 이야기는 없었지만 수진이도 그 노래를 좋아한다고 했다. 이번에는 이십팔 초였는데, 마치 백지 위에 노래를 하고 그것을 접어 편지로 부친 것같이 들렸다. 백지라도 좋았다.

수진이의 음성메시지는 종종 왔다. 내가 두 번 보내면 한 번 오고, 내가 세 번 보내도 한 번 왔다. 메시지를 남긴다고 해서 곧바로 답장이 오지는 않았지만, 일주일쯤 연락하지 않으면 먼저 연락이 오기도 했다. 삐삐를 손에서 놓지 않았다. 수진이는 일상생활을 들려줬다. 날씨가 좋다든지, 어떤 음악을 좋아하는지, 시험 기간에 어떤 힘든 일이 있었는지에 대해. 수진이의 메시지가 짧은 게 좋았다. 어쩌다 오는 일 분이 넘는 긴 메시지에는 어김없이 가라앉은 목소리가 있었다. 듣다 보면 이상하게 답답하고 내 기분도 하루종일 답답했다.

교회에서 수진이를 만나면 예전보다 친해진 것 같았다. 비록 교회에서 따로 더 대화를 하거나 둘만 같이 있는 경우는 없었지만 지나가면서 눈인사를 해도 예전과 다른 사이가 된 것 같았다.

*

낭만의 이면에는 터무니없는 현실이 있다. 누군가 디스켓 라벨에 '중간고사-국사'라고 썼던 게 문제였다. 역사는 종종 터무니없는 사소한 실수로 실패한 사건들을 들려준다. 반란을 앞두고 술에 취해 주정을 한 것이 밀고당하기도 하고, 치질 때문에 중요한 전투에서 패배하고 실각하는 경우도 있다. '중간고사-국사'는 악의의 신이 장난을 친 사고였다.

디스켓 라벨에는 아무것도 쓰지 않는 게 현명했다. 그 안에 무슨 자료가 담겨 있는지 쓸 필요는 전혀 없었다. 이름은 언제나 숨기는 게 현명한 법이다. 이름이 드러나면 그만큼 뭔가 문제가 생겼다. 우리는 라벨에 뭐라도 써야 한다는 강박을 갖고 있었던 모양이다. 꼭 이름을 붙였다. 국사 시간이었고, 쉬는 시간에 넘겨줘도 될 것을 꼭 수업 중에 전달했고, 그러다 개량한복한테 걸렸다.

불쌍한 재호가 끌려나왔다. 악의의 신은 재호를 짝사랑했나 보다.

"주웅가안고오사아? 니, 내 컴퓨터를 해해해키킹, 해킹했나?"

늘 개량한복을 입고 다니는 국사 선생님은 중간고사 시험지가 유출되었다고 생각했다. 컴퓨터를 두들겨 자료를 빼내며 인류의 위기가 시작되는 종말론 이야기가 흔하게 넘쳐났다. 해커는 언제 어디서나 컴퓨터만 있으면 미국방성 자료를 빼올 수 있는 사람들이었다. 세기말이니 666이니, 컴퓨터가 세계를 멸망시킬 것이라는 소문이 돌던 때였다. 1998년을 지내지 않은 사람들은 그 분위기를 이해하지 못할 것이고, 1998년에 살았던 사람들은 그때를 생각하면 머쓱할 것이다. 아는 것은 알아서 무서웠고, 모르는 것은 몰라서 더 무서웠다. 우리는 1999의 999를 뒤집으면 666이 된다는 충격적인 사실에 경악했었다.

2000은 낯선 숫자였고, 컴퓨터가 핵미사일을 발사시킬 것 같았고, 반드시 미국은 러시아에게, 러시아는 미국에게 미사일을 쏠 것 같았고, 2000년의 종이 땡 하고 울리면 남북이 전쟁을 벌이고 지진이 일어날 것 같았고, 침몰하는 일본이 한반도에 쳐들어오고 중국도 개입할 것 같았고, 이게 다 컴퓨터 때문, 해커들의 음모 같았다.

세기말적 분위기를 다룬 책과 영화도 쏟아졌다. 1999년에는 제목이 〈세기말〉인 영화가 개봉했다. 청소년관람불가에 노출신으로 유명했다. 혼란은 세기말과 무관하게 어느 시대에나 있는 것이지만 모두가 심각하게 받아들였다. 2000년이 되자 그런 일이 있었냐는 듯 아무렇지도 않게 살아갔지만. 사실 1999년 여름이 지날 무렵에는, 다들 2000년이 되어도 지구가 망하지 않을 거라는 것을 알았다. 기껏해야 더 나빠지는 정도 겠지, 라고 생각했다.

개량한복이 칠지도를 뽑아들었다. 당구 큐대가 재호의 엉 덩이와 허벅지 사이에 쏟아져 내렸다. 칠지도가 부러졌다. 개 량한복은 부러진 칠지도를 보며 가슴을 부여잡았다. 그리고 교무실에 내려가 칠지도 2를 가져왔다.

"니 해커제? 빨리 안 부나?"

개량한복이 재호의 말을 믿을 리 없었다. 개량한복은 열 대 를 더 때렸다. 칠지도가 한 개만 더 있으면 그걸로 주리를 틀 기세였다. 진작 칠지도 1이 부러져서 다행이었다. 재호는 모진 형문에도 입을 열지 않았다. 칠지도 3, 칠지도 4까지 부러졌 다. 마침내 칠지도 6까지 모두 부러지자 우리는 안도했다. 다행 이다, 개량한복은 칠지도를 동시에 쓸 생각은 못 하는구나.

"반장아. 인마 가방 가져온나."

재호는 일학년 때보다 한층 성숙해진 모습으로 다양한 포 르노를 취급했고, 가방 안에서는 검은 것들이 쏟아져 내렸다. 디스켓, 디스켓, 디스켓, 디스켓…… 디스켓이 끝도 없이 나왔 다. 가방 속은 교과서 대신 디스켓으로 꽉 차 있었다. 어떻게 다 들고 다니는지 신기했다. 백이십 장의 디스켓이 나왔다. 두 루마리 화장지도 두 개나 나왔고, 바나나 껍질도 나왔는데, 책이라고는 공책 한 권도 없었다. 교탁 위에는 형형색색의 디스켓만 수북이 남았다. 다 토해낸 가방은 쭈글쭈글 디스켓 옆에 힘없이 쓰러졌다.

"이놈 자리에 국사책 있는지 봐라."

"없는데요."

"싹수가 노란 새끼, 하라는 공부는 안 하고. 반장아, 교무실 가서 사인검 가져온나."

칠지도가 끝이 아니었다. 전설로만 내려오던 사인검四寅劍. 선배들은 사인검이 뽑히는 날이면 차라리 3층 교실에서 뛰어내리라고 했다. 개량한복은 나무 배트 사인검의 위력을 빌려 재호의 몸에 깃든 사귀邪鬼를 물리치려 했다. 처음에는 기세 좋게, 그다음에는 숨을 헉헉대며 때리던 개량한복은 타격 자체에 심취하기 시작했다. 자진모리로 속도를 올리다가 휘몰이로 몰아쳤다. 눈치 없는 애 하나가 "얼쑤!" 하고 소리쳤다가 끌려 나가서 같이 맞았다.

전쟁터에 나가는 군인이 총도 없냐고 때렸다. 디스켓과 비디오테이프가 있으면 이미 그걸로 재호는 자신의 본분을 다한 것 같은데. 지겨울 정도로 맞는 광경을 보다 보니 죄명이 헷갈리기 시작했다. 수업 시간에 딴짓을 한 죄인가, 중간고사 시험지를 빼돌린 혐의인가, 가방에서 디스켓이나 두루마리 화장지가 나온 것 때문인가, 국사책을 들고 오지 않았기 때문인가.

재호를 살린 것은 종소리였다.

*

문제는 매번 커지기만 한다.

개량한복이 재호를 삼십오 분이나 팼던 게 문제였다. 평소에 딱히 우리를 사랑하는 것 같지 않던, 학생들에게 공평하지도 친절하지도 않던, 그래도 다른 선생님들보다는 조금 더, 뭐라도 말이 통한다고 믿었던, 개량한복과 사이가 좋아 보이지는 않던, 담임마마가 진노했다. 다음 시간 수업에 들어온 담임마마는 재호를 보자마자 출석부를 집어던지고 옆반에서 수업하던 개량한복에게 따지러 갔다.

"애를 이렇게 때리면 어째요?"

"이놈이 했다니까 해킹을!"

"말이 되는 소릴 하세요, 해킹이 무슨 애들 장난이에요? 재호, 해킹했어?"

"잘못했어요, 선생님. 선생님, 살려주세요."

재호가 벌벌 떨면서 대답했다. 복도에서 대판 말싸움이 벌어졌다. 개량한복은 보면 모르냐고, 애가 잘못했다고 다 인정했다고 핏대를 올렸고, 담임마마는 담임마마대로 얼마나 애를 때렸으면 이렇게 겁에 질렸냐고 했다. 개량한복이 자신 있게 디스켓을 흔들면서 외쳤다.

"까보믄 될 거 아이가! 어디 한번 까봅시다!"

                              *

교실 앞문이 드르륵 열렸다.

"여, 수고하십니다."

죠다쉬가 껄렁하게 영어 선생님에게 인사했다. 영어 선생님
은 못마땅한 표정이었지만 아무 말도 하지 않았고 곧 교실 뒷
문으로 남자 선생님 두 명이 더 들어왔다.

"깔 거 다 까놓고 머리 손."

이 사건은 '구팔옥사'라고 불렸다. 죠다쉬가 투입된 이상 모
든 것은 백일하에 드러나게 되어 있었다. 죠다쉬가 나타나면
없는 것도 있었고 있는 것은 더 크게 드러났다. 교실에서 압
수된 모든 디스켓에 대한 검열이 시작되었다. 게임 아니면 포
르노 사진, 야설만 무더기로 나왔다.

문제가 더 커졌던 것은, 여자 선생님이 주인공인 야설이 발
견된 것이었다. 제목도 없이, 그저 「무제 2」라고 되어 있는 야
설이 나왔다. 그렇게 제목으로 쓸 말이 없으면 안 쓰면 된다
니까, '무제 2'도 엄연히 제목인데, 왜 저런 제목을 붙여가지
곤……

음란물 소지 사건이 필화 사건으로 번졌다. "양호실에 갔더
니 양호 선생님이 상기된 얼굴로 숨을 몰아쉬고 있었다. 양호
선생님은 빨간 미니스커트를 반쯤 내리고 있었다. 어머, 호돌

아, 노크는 해야지. 양호 선생님이 싱긋 웃으면서 나에게 손짓했다⋯⋯" 왜 야설에 나오는 미니스커트는 죄다 빨간색일까. 미술 시간에 매번 자습만 해서 그런가.

제목이 '무제 2'라는 말은 「무제 1」도, 「무제 3」도 있을 수 있다는 뜻이었다. 차라리 제목이 「양호 선생님의 은밀한 매력」 정도만 되었어도 마무리가 되었을 텐데. 죠다쉬는 「무제 1」과 「무제 3」을 찾아내고야 말겠다고 공언했다.

국사 시험지는 끝내 발견되지 않았지만, 필화 사건 때문에 시험지는 아무도 중요하게 생각하지 않았다. 남자 선생님 다섯 명이서 꼬박 일주일을 밤새서 봐야 할 만큼 포르노 사진과 야설이 많았다. 학생 한 명당 평균 세 장의 디스켓이 있었고, 한 반에 쉰다섯 명이었고, 한 학년에 열세 반이었으니, 전교에 압수된 디스켓만 육천 장이 넘었다. 디스켓을 손수레로 퍼다 날랐다. 전산실이 디스켓으로 가득찼다. 검열하다가 플로피 디스켓 드라이버가 여럿 고장났다는 풍문이 돌았다.

교감은 교내에 진짜 바이러스가 들어온 것처럼 야단을 떨었다. 교내 대청소가 이루어졌고 과학실 알코올을 분무기에 담아서 모든 책상에 뿌렸다. 음란물이 수업 시간 도중에 전달되었다는 것은 교권에 대한 심각한 도전이었다. 교감과 남자 선생님들은 마스크를 쓰고 매일 밤늦게까지 디스켓들을 검열했다. 매일 아침 선생님들의 충혈된 눈과 피곤한 얼굴을 보며 떨었다. 선생님들은 안약을 눈에 넣어가며 눈물의 몽둥이를 휘둘렀다.

두루마리 화장지 두 개는 어디 갔을까.

*

작가는 끝내 밝혀지지 않았다. 작자미상, 주인공 이름이 '호돌이'인 것으로 보아 창작연대는 1988년 이후로 추정되었다. 재호를 비롯해 야설 파일을 갖고 있었던 애들은 입을 다물었다. 의리를 지켰다기보다 진짜 누가 썼는지 아무도 몰랐다. 국어 선생님들은 「무제 2」 외에도 「시큼새콤한 매력」, 「한겨울 밤의 운동장」, 「교장과 교감」, 「남녀공학 이야기」 1~5편, 「사이버섹스 1999」 등 십여 편의 야설 마지막에 찍혀 있는 낙관 'C'의 주인을 찾기 위해 회의를 거듭했다. 소득은 없었다.

학교 양호 선생님은 지천명이 넘었고 교감 선생님보다 나이가 많았다. 묘사된 양호 선생님은 누가 읽어도 이십대 중반이었다. 야설과 현실 사이를 검증하기 위해 국어 선생님 일곱이 회의를 했다. 심의위원회에서 사대삼, 아슬아슬하게 가품假品으로 판정이 났다. 양호실에는 침대가 따로 없었고, 주요 시설에 대한 묘사가 전혀 다르다는 점이 결정적으로 작용했다. 남성 판타지를 재미있게 그려내긴 했지만 개성적 시선을 충분히 확보하지 못한 범작이라는, 그러나 특정 직업인을 성적 대상화하는 것은 윤리적으로 문제가 있으니 이런 점에서 인문학적 교육의 필요성을 찾을 수 있다는, 툭하면 시를 학생들에게 읽어주고 싶어하는 국어 선생님의 평이 있었다.

다행히, 학생의 인격을 존중하면서 개전의 기회를 주기 위해서 일 년 전에 정학이 폐지되어 있었다. 불행히, 정학은 폐지되었고 특별교육 이수가 신설되었지만, 각 학교는 이에 필요한 교육방법을 마련, 운영하지 못했기 때문에 학생부에서는 재호를 정학 대신 학생부 캐비닛에 하루 종일 가둬두었다. 재호는 캐비닛 안에 갇혀서 썼던 반성문을 반복해서 또 썼다. 재호는 자신의 과거와 현재, 아직 오지도 않는 미래를 몇 번이고 반복해서 썼다. 선생님들은 학생들을 자유롭게 패는 대신 기록에 남는 종류의 처벌은 피하는 편이었다. 3박 4일 동안 두들겨 맞을지언정, 캐비닛에 학생을 가둘지언정, 막상 퇴학을 당하는 경우는 드물었다. 묵시적인 거래였다. 체벌보다 생활기록부에 한 줄 쓰는 것이 더 비교육적이라고 믿었다.

디스켓을 소지한 학생들에게는 내용물이 게임이건 포르노건 간에, 모두 공평하게 교내봉사 처분이 내려졌다. 학교는 중독자보다 공급책을 엄단하는 쪽을 택했다. 계산하기 쉽게 열 장을 기준으로, 그 이상 발견되었던 애들은 공급책으로 분류되어 사흘 동안 학생부에서 반성문을 썼다.

교무실 회의용 탁자 위에는 압수된 물건들이 죽 나열되어 있었다. 때 아닌 소지품 검사로 디스켓 말고도 애연 중학생들도 무지하게 털렸다. 남자 선생님들은 저마다 반년 이상 피울 담배를 확보했다.

"미안타."

개량한복이 복도에 꿇어앉아 있는 우리 앞을 지나가며 나지막하게 중얼거렸다. 막상 개량한복은 자신이 오해한 거라고, 애들이 음란물을 본 것은 잘못이지만 이건 너무하다고, 자기가 시작한 일이니 없던 걸로 치자고 했다. 유일하게 개량한복만 선처를 호소했다. 이랬다저랬다 하는 개량한복이 그저 미친놈인 줄 알았는데, 많이 미친놈이었던 모양이다. 나는 지금도 개량한복을 입은 사람은 믿지 않는다.

*

나도 공급책으로 분류되었다. 내 가방에서는 딱 디스켓 열 장이 나왔다. 한 장만 적었더라면 어땠을까. 씹어 삼키기에 플라스틱 디스켓은 너무 질겼다. 음란물이 담긴 디스켓은 일곱 장이었고, 세 장은 게임이었다.

운동장 사건 이후 체벌은 가급적 참던 아빠도 이번에는 그냥 넘어가지 못했다. 출근 대신 아침마다 등산을 다니는 아빠는 힘이 갈수록 좋아졌다. 내가 성장하는 게 아니라 아빠가 쑥쑥 크는 것 같았다. 오랜만에 아빠에게 시원하게 두들겨 맞았다.

"차라리 싸움이라도 했으면 사내답기라도 하지."

컴퓨터는 안방으로 옮겨졌다. 다시 컴퓨터를 되찾는 데 반년이 걸렸다. 반년 후 돌아온 컴퓨터에는 그동안 모은 자료가 남김없이 사라져 있었다. 사진 한 장, 야설 한 편 남아 있지 않았다. 좋은 교훈을 얻었다. 데이터는 백업해야 하는구나. 언제라도, 내 컬렉션은 한순간에 날아갈 수 있구나. 전자란, 얼마나 허약한가. 0과 1이란, 얼마나 허망한가.

*

"아들. 방문 잠가놓고 뭐해?"

"어? 이게 왜 잠겨 있지? 안 잠갔는데. 고장 났나?"

처벌은 끝나지 않았다. 집에서는 방문을 잠글 자유를 뺏겼다. 부모님, 절대 저절로 잠기는 문이란 없어요. 소리 없이 문 잠그는 것도 기술입니다. 방문은 꼭 불시에 열어야만 합니다.

학교에서는 학생부에서 풀려나고 나서도 일주일 동안 등교 시간에 교문에 서서 일 분에 한 번씩 "음란물을 보지 맙시다!" 하고 외쳐야 했다. 목에 팻말을 거는 반인도적인 일은 다행히 없었다. 조금 더 민주적인 사회가 되어가고 있었다. 처음에는 수치스러웠지만 여섯 명이 함께 소리지르니까 부끄럽지 않았다. 아침 조회가 끝나면 수업 대신 운동장을 돌며 끝도 없는 잡초를 뽑아야 했다. 대자연의 힘을 역행하는 일은 힘들고 끝이 없었다. 자연의 순리대로 살면 될 텐데, 싱그러운 풀들은 뭐하러 뽑는지. 뽑아도 끝도 없는 잡초처럼, 재호에 대한 미움이 자라났다. 우리는 다 풀려났는데, 재호는 학생부에서 혼자 뭐하고 있을까. 재호는 나중에 혼자서 외치고 벌받으려나, 하는 마음은 오후가 되어 더워지면 이 새끼 어디 돌아오기만 해봐라로 바뀌었다. 나만 그런 게 아니었다. 돌아온 재호에게 아무도 말을 걸지 않았다. 보름 후, 재호가 새로운 컬렉션들을 갖고 오기 전까지는. 재호야, 미안. 고생 많았지?

낭만의 이면에는 터무니없는 현실이 있다, 고 했다. 문제는 교회에도 소문이 퍼졌다는 점이다. 교문에 서서 소리를 지르던 나를 봤다는 소문이.

5

당신이 보는 것이 당신이다

고등학교에 입학하면서 아빠는 다시 출근을 시작했다. 엄마는 오랜만에 하니까 잘 안 된다며 와이셔츠를 다렸다. 엄마는 울고 있었다. 아빠는 엄마가 한참 만에 내민 와이셔츠를 입고 어색하게 웃었다. 가슴팍 부분은 헐렁했고 배는 꽉 끼어 보였다. 3월 3일, 아빠와 나란히 집을 나섰다.

아는 사람 소개였다. 아는 사람 소개로 들어갈 수 있는 회사들이 어떤 곳인지는 나중에야 알았다. 아빠가 회사를 다녀도 엄마는 마트 캐셔를 그만두지 못했다. 부모님의 월급을 합쳐도 아빠가 예전에 받던 월급보다 적었다. 엄마의 고생은 전혀 줄지 않았다.

아빠의 재취업보다 집에 아무도 없는 게 더 기뻤다. 인터넷 전용선이 보급되기 시작했다. 아빠는 고등학교 입학 선물로 인터넷 전용선을 넣어주었다. 정보화라는 말은 어디서나 먹혔고 벤처 창업 광풍도 불었다. IT 관련 산업들의 신화가 연일 보도되었다. 이제라도 컴퓨터를 배우지 않으면 2000년대에는 살아가지 못할 것처럼 보였다. 하루아침에 부자가 된 젊은 벤처 기업가들이 뉴스에 올랐다. 사람들은 벤처에서 하는 일보다 벼락부자가 되었다는 결과에 눈이 멀었다. 인터넷 전용선은 일종의 입학 선물인 동시에 취업 턱이었고, 동시에 아빠의 불안이기도 했다.

"아이고 아버님, 실수하셨네. 실수하시는 거야."

펭귄이 깐죽거렸다. 정확한 예측이었다. 나라면 아들이 고등학교에 올라가면 멀쩡히 쓰던 인터넷도 끊어버리겠지만. 결혼을 할 수 있을지 없을지, 자식을 낳을 수 있을지는 알 수 없지만, 꼭 인터넷은 못 하게 해야지. 다행히 인터넷의 유해성에 대한 이해가 지금보다 낮았다. 내일 날씨만 인터넷으로 검색해도 대단해 보였다. 평소에 보지도 않던 백과사전을 컴퓨터로 보면서 감탄했다. 먼지만 쌓여서 책장 장식용으로 사용되던, 이사하면서도 끝내 버리지 못했던 백과사전 책처럼, 컴퓨터로 백과사전을 다시 찾는 일은 없었다.

아빠의 재취업, 여전히 일하는 엄마, 인터넷 전용선, 고3이라고 독서실에서 사는 누나.

덧붙여, 자율학습 폐지. 1999년은 펭귄의 해였다.

*

1999년의 펭귄은 하루에 몇 번이라도 할 수 있었다. 펭귄에게 한계란 없었다. 펭귄은 매일 지평선을 향해 끊임없이 헤엄쳤다. 광분한 펭귄은 아무리 헤엄쳐도 지평선에는 닿을 수 없다는 것을 몰랐다. 펭귄은 휴식 시간 없이 네 번을 연달아 하고 쓰러졌다. 그러고도 두 시간 후 다시 벌떡 일어났다. 매일 기록을 갱신했다. 그 뒤에는 야동의 힘이 있었다.

인터넷은 동영상의 시대를 열었다. 야한 소설을 야설이라고 줄여서 불렀듯, 야한 동영상은 야동이라고 불렸다. 포르노라고 부르는 것보다 귀엽고 친숙했다. 시간 날 때마다 국립국어원에 정식 등재를 건의하고 있지만 아직까지 받아들여지지 않고 있다. 이제 국문과 노교수도 야동이라고 하면 '시골 아이' 대신 전날 본 영상을 떠올리며 얼굴이 붉어질 텐데. 안타깝다. 국립국어원은 내 휴대전화로 걸면 전화도 잘 안 받는다.

1998년 일본 대중문화 개방의 파장도 컸지만, 대중문화 개방과 무관하게 야동은 불법이었지만, 일본 야동은 힘이 셌다. 일본 야동에 비하면 일본 음악이나 애니메이션 따위는 무시해도 좋았다. 학교에서 교환되는 일본 음악 시디, 일본 애니메이션 시디 안에는 야동이 담겨 있었다. '중간고사─국사'처럼.

일본 야동과 서양 야동이 인터넷을 타고 앞다투어 밀려오는 모습은 개화기를 방불케 했다. 일본 야동과 서양 야동은 야동 불모지였던 한국에 문화 개방을 요구했다. 1999년은 야동에게 관대했다. 정부가 나서서 야동을 규제하거나 처벌하지 않았다. 성적으로는 분명 지금보다 더 보수적인 사회였지만 관료제는 늘 시장보다 한 발 늦었다. 관료들은 야동이 뭔지도 잘 몰랐을 것이다.

전통적인 한국형 에로 비디오 시장은 급격하게 허물어졌다. 가릴 곳을 죄다 가리고 어설픈 연기력에 의존했던 에로 비디오는 경쟁력이 없었다. 에로 비디오의 장점을 굳이 찾자면 단아하면서도 남김의 미덕을 갖고 있었던 것 정도겠는데, 가장 한국적인 것은 가장 세계적이지 않았다. 전통의 붕괴와 문화 개방 현상의 설명은 신자유주의가 맡았다. 신자유주의는 모든 목적과 현상을 경쟁력이란 말 한마디로 간단하게 설명했다. 어설픈 시나리오의 에로 비디오는 야동의 리얼리티에 상대가 되지 못했다. 이름도 없는 에로 비디오 배우들에 비해 야동 배우들은 이미 월드스타였다. 배우 개런티부터 달랐다. 유명 야동 배우의 일 년 연봉이면 에로 비디오 회사를 다섯 개쯤 살 수 있었다. 에로 비디오가 허름한 모텔을 빌려 찍을 때 야동은 거대한 세트장부터 짓고 시작했다. 모자이크가 있는 작품도 에로 비디오보다 수위가 월등히 셌는데, 모자이크조차 없는 야동들이 무더기로 풀렸다. 야동의 촬영 기법도 에로 비디오보다 월등했다. 분출의 순간을 슬로우 촬영하고, 환희를 느끼는 그곳을 과감하게 클로즈업 했다.

마차 대 기차의 싸움이었다. 우리는 더 이상 위험을 무릅쓰고 에로 비디오를 훔칠 필요가 없었다. 비디오 대여점도 덩달아 망해갔다. 비디오 대여점의 삼분의 일은 에로가 차지하고 있었다. 야동이 나오기 전에는 영화 테이프를 세 개쯤 빌리고 그 밑에 에로를 슬며시 하나 끼워 넣었는데, 헛기침을 하며 딴청을 부릴 필요가 없어졌다.

"오, 뻑, 예, 뻑, 뻑."

엄청난 힘과 육체미로 무장한 서양 야동은 짐승처럼 한국을 덮쳤다. 무식한 양키들. 저러다 사람 잡을 것 같았다. 남자나 여자 둘 중 한쪽은 병원에 실려갈 기세였다. 백인과 흑인들의 우람한 신체는 사진으로 익히 봐왔지만 연달아 밀려오는 영상의 세례는 또 다른 신세계였다. 백인들은 시간, 공간, 인체의 한계를 뛰어넘었다. 어디서나 할 수 있었고 언제든지 할 수 있었다. 아침에 시작해서 저녁까지 했다. 방에서도 했고 길에서도 했다. 물구나무를 서서도 했고 헬스장에서 바벨을 들면서도 했다. 흑인들의 허리는, 허리라기보다는 일종의 스프링이었다. 다시 태어나면 저런 허리를 가질 수 있을까.

제길, 애초에 상대가 안 되는 것을. 서양 야동을 보고 나면 무력감이 들었다. 오리엔탈리즘은 먼 곳에 있지 않았다. 바지 속에서 동서양의 차이를 실감했다. 서양 야동은 제자리에서 가볍게 폴짝 뛰어 덩크슛을 넣는 것 같았다. 걸핏하면 채찍을 들고 포효하는 게, 서커스를 보는 기분도 들었다. 서양 야동은 대형 군함, 펑펑 대포를 쏴댔다.

"스고이, 스고이!"

대신 일본 야동은 자신감을 줬다. 일본 야동은 남자들이 무엇을 원하는지 알고 있었다. 야동 취향은 크게 서양 취향과 일본 취향으로 나눌 수 있는데, 나는 일본 쪽이 더 맞았다. 상상력이 풍부했다. 노력하면 우리도 저만큼 잘살 수 있다는 희망을 갖게 만들었다. 덩크슛을 할 수 없다면 삼점슛을 넣으면 된다. 동도서기東道西器, 신체적 한계를 지성으로, 문화로 극복하자.

조상님, 죄송합니다. 기껏 독립했더니 일본 야동 앞에 혼을 빼앗기다니. 야동에 저작권료를 지불했다면 외환은 몇 번 더 바닥났겠지. 서양 야동을 보면서 흥분했던 펭귄조차 일본 야동 앞에서는 겸허하게 날개를 잠시 접고 무릎을 꿇었다. 1999년 이후의 어떤 야동도, 1999년에 비하면 모두 아류였다. 시도될 수 있는 야동의 모든 것이 1999년에 있었다. 일본 야동은 모더니즘은 물론이고 포스트모더니즘까지 뛰어넘어, 새로운 세기에 도달해 있었다. 에로 비디오가 뉴턴의 세계였다면 일본 야동은 양자역학에 닿아 있었다. 한국형 에로 비디오 특유의 감성으로도 일본 야동에 대항하는 것은 무리였다.

섹스는 둘이 할 수도 있었고, 셋이 할 수도 있었다. 둘이 해도 좋고, 셋이 해도 좋았다. 셋이 할 수 있다는 상상을 해본 적이 없었던 학생에게 한 번에 쉰 명이 날뛰는 야동의 파장은 넓고 컸다. 쉰 명쯤 뒹굴면 누가 나오는지 구분도 되지 않았다. 앵글 속에 꽉 찬 쉰 명의, 쉰 명의…… 펭귄으로도 할 수 있고, 입으로도 할 수 있고, 펭귄과 펭귄 친구를 동시에 쓸 수도 있고, 열 명이 일렬로 줄을 서서 할 수도 있고, 빙글빙글 원형으로도, 삼 층짜리 인간 탑을 쌓아서도, 지하철에서도, 아마존에서도, 피라미드에서도, 잠수함에서도, 우주복을 입고도…… 채찍이나 촛농도, 수갑, 밧줄, 어떻게 쓰는지 짐작도 안 가는 각종 도구들도…….

인간의 야동은 상상력의 신과 맞서 싸우고 있었다.

가방끈보다 휴지끈이 더 길었다. 휴지끈은 곧 야동에 대한 이해와 깊이를 뜻했다. 야동을 제대로 알려면 두루마리 휴지 삼십 롤로도 부족했다. 구십 롤은 넘어야 어디 가서 휴지끈 좀 끊어봤다고 큰소리칠 수 있었다.

*

당신이 보는 것이 당신이다.

야동 취향만큼 당신을 정확하게 설명할 수 있는 것도 없다. 고르고 골라, 나누고 나눈, 구분과 정리를 반복해둔 컬렉션이 당신 자신이다. 혈액형 테스트보다 믿을 만하며, 미국 어덜트 코리아 주립대학에서 만든 심리테스트보다 정확하다. 당신의 성적 정체성이나 취향은 하드디스크가 알고 있다. 지우지 않고 고이 보관해둔 자료가 바로 당신이다. 당신의 야동이 당신의 내면이며, 새로운 야동을 거부하면서까지 지켜온 야동이 당신의 본질이다. 숨겨둔 폴더는 당신의 쌍둥이다. 한 번이라도 더 반복해서 보는 야동은 당신의 무의식이 바라는 판타지다.

야동 속에 당신이 있다.

야동에 대해서는 가능한 한 공평무사하게 대했다. 어떤 야동도 차별하지 않고 열린 마음으로 접하려고 애썼다. 순수하고 깨끗한 마음으로 선입견 없이 야동을 봤다. 자칫 고정된 취향으로 놓쳐버리는 야동이 있을지도 몰랐다. 호불호를 지우고자 무던히 애를 썼다.

"꺄악, 변태. 무슨 생각으로 이런 걸, 몰라몰라, 변태 새끼."

펭귄은 갈수록 음흉해졌다. 야동을 볼 때면 펭귄의 번개 모양 흉터가 더 커졌다.

*

　교회는 그만뒀다. 수진이에게 음성메시지를 남겼지만, 교문 앞에서 음란물을 보지 말자고 외치고 난 다음날부터 수진이에게서는 아무런 대답도 오지 않았다. 말은 빠르고 동네는 좁았다. 전도사님이 교회에 오라고, 함께 일주일 동안 금식하며 두 손을 붙잡고 회개기도를 하자고 했다. 전도사님의 강하고 끈적한 손을 잡고 싶지는 않았다. 타락한 어린양을 구하고 싶다는 말에 나는 영어 숙어를 떠올렸다.

　"성의는 고맙지만 사양하겠습니다."

　잘못은 저질렀지만 회개는 싫었다. 예술가들도 순전히 상상력만으로 악수는 못 할 것 같은데. 학칙을 어긴 것과 품행이 방정하지 못했다는 것은 인정하지만 밥까지 굶어가면서 회개할 일은 아니었다. 한 끼를 굶어도 배고파 죽을 것 같은데. 대여섯 번 수진이에게 음성메시지를 남겼다가 삐삐를 부숴버렸다. 교회에서 찍은 사진들은, 몰래몰래 문제집 사이에 끼워뒀던 사진들은 비닐봉지에 넣어서 쓰레기통에 버렸다. 버렸다가 세 장만 꺼내서 안 보는 책 사이에 대충 집어넣었다. 삐삐를 부수고도 악수는 했다. 펭귄도 풀이 죽어 있었지만 사랑은 사랑, 악수는 악수, 펭귄은 펭귄이었다.

　수진이 대신 인터넷 전용선이 생겼으니까. 인터넷은 사랑과도 바꿀 수 있을 것 같았다. 인터넷과 연인 중에서, 없으면 살수 없는 것은 정말 사랑하는 사람일까? 어차피 내가 할 수 있는 것도 없었다. 싫다니까. 싫다는데, 찾아갈 수도 없고.

*

펭귄은 나를 완벽하게 지배했다. 생각은 펭귄이 했고, 나는 펭귄의 말만 들었다. 내가 펭귄이 된 것인지 펭귄이 내가 된것인지 알 수 없었다. 펭귄이 시키는 것만 해도 하루가 모자랐다. 야동을 보고, 학교에서는 야동을 되새김질하다가 졸고, 집에 가서 또 야동을 봤다. 평생 봐도 다 볼 수 없는 끝없는 야동이 인터넷에 있었다. 야동만 끊임없이 넣어주면 독방 감옥살이도 일 년 정도는 어렵지 않을 것 같았다.

야동을 보는 속도보다 새로운 야동이 올라오는 속도가 더빨랐다. 인터넷은 과연 정보의 바다였다. 좁아터진 하드디스크는 야동을 소화하지 못했다. 조금이라도 감각이 떨어지는, 나태하게 만들어진, 그저 클리셰에 불과한 야동은 한 번 보고바로 지웠다. 잘하는 일인지는 모르겠지만, 사랑이 지워진 자리를 야동이 밀려와 덮었다.

인생에는 한 번쯤, 아니 두세 번쯤, 미치는 시기가 온다. 나는 고등학교 일학년 때 야동에 미쳤었다. 수면욕, 식욕, 성욕은 별반 다르지 않다. '자다'와 '먹다'는 같은 의미로도 사용된다. 맛집을 찾아다니는 것과 악수를 하는 것은 다르지 않다. 혼자 아무에게도 폐 끼치지 않고 즐기는데. 맛있는 음식을 입에 넣으며 부끄러워하는 사람은 없다.

"이러면…… 안 되는데……."

아, 북극곰이 있었지.

맛있는 음식을 배부르게 먹고 나서 다이어트를 떠올리는 사람처럼, 나도 가끔 토했다. 매번은 아니다. 거식증에 걸린 사람처럼 악수를 하고 혐오감에 몸서리쳤다. 몸서리치는 나를 보고 펭귄이 발버둥쳤다. 내가 느끼는 혐오감에 비례해서 펭귄은 스트레스를 받았다.

"짐승 같은 놈, 오늘 확, 아우, 말리지 말라니까?"

"이러면…… 안 되는데……."

"쳐봐, 때릴 용기도 없는 곰탱이가…… 악, 안경 쓴 펭귄 때리면 살인미수인 거 몰라?"

펭귄의 전성시대면서, 펭귄과 북극곰의 싸움 또한 절정이었던 때였다. 결국에는 도망치면서도 펭귄은 북극곰에게 덤볐다. 북극곰이 지나가면 슬그머니 일어나서 중얼거렸다. 펭귄의 말에 의하면 북극곰은 세상에서 운이 제일 좋은 곰이었다. 한 번도 진짜 사생결단은 없었다. 펭귄이 즐긴 뒤에야 느리고 무거운 북극곰 발소리가 울려왔고, 북극곰이 나타나면 펭귄은 싸우는 척하다가 잽싸게 사라졌다. 이따금 펭귄이 열을 올리고 있는데 북극곰이 슬슬 접근하기도 해서 펭귄이 반쯤 죽는 경우는 있었지만. 그러나 북극곰은 펭귄의 숨통을 끊지 않았다. 북극곰은 펭귄의 주위를 빙빙 돌았다.

북극곰이 나를 지배할 때도 있었다. 북극곰이 어둡고 낮게 으르렁대면 펭귄은 꼬리도 보이지 않았다. 북극곰은 펭귄을 씹어 먹을 듯이 으르릉거렸다. 나는 그 소리를 들으며 바닷속 깊이 빠져들었다. 누나가 민달팽이라고 부른 것은, 그나마 가족이기 때문에 좋게 말해준 것이었다. 북극곰의 포효를 듣고 있는 나는 바퀴벌레의 왼쪽 날개, 무수한 갯강구, 화장실을 탈출하는 구더기였다. 무거운 납덩이를 매단 것처럼 심연의 심연으로 한없이 가라앉았다. 심연에는 바닥이 없었다.

하루 네 번쯤 펭귄과 놀면, 아빠의 코 고는 소리를 듣는 밤에는 북극곰이 울어댔다. 북극곰 소리에 미칠 것 같아서 하드디스크의 야동 폴더를, 소중한 판도라의 상자를 통째로 지웠다. 닥치는 대로 삭제, 삭제, 삭제를 하다 보면 북극곰의 울음이 들리지 않았다. 편안하게 잘 수 있었다.

미쳤었구나.

지운 파일을 어떻게 복구하지? 대체 하드디스크가 무슨 죄라고. 다음날이면 반드시 후회했다. 말 목 자른 김유신이 이해가 되면서, 김유신의 어리석음 또한 알 수 있었다. 말은 얼마나 황당했을까. 혼자 성질을 마구 내더니 칼을 뽑고, 설마 이 히힝, 내 목을 썰진 않겠지? 했는데 콱, 진짜 내리치다니. 자른 목은 복구도 안 되는데.

일어나 야동을 찾았다. 꼭 말 목을 자르고 나면 평소에는 잘 접속되던 일본 야동 사이트들이 이상하게 에러가 났다. 인터넷도 그날따라 느렸다. 지우는 건 순간이고 후회는 일주일쯤 갔다. 다시 컬렉션을 제대로 모으려면 몇 달이 걸렸다. 꼭 소장하고 싶은데 구할 수 없는 자료가 있으면 자다가도 눈물이 났다. 영원히 사라진 기억 같았다.

*

"하고 싶어……."

축축했다. 자다가 깨니 펭귄이 울고 있었다. 야동의 시대가 열린 뒤로 몽정이 없었다. 부지런히 악수하다 보니 쌓일 틈이 없었다. 자기 전까지 잘 놀던 펭귄이 울고 있었다. 그러고 보니 꿈에 스페이드 8을 봤다. 스페이드 8의 애처로운 눈빛이 어른거렸다. 스페이드 8 때문인가?

"누군데? 새로 나온 배우야? 난 그저, 한 번만, 딱 한 번만……."

그날부터 펭귄은 자는 시간 빼고 하루에 마흔여덟 번씩 하고 싶다고 징징댔다. 밥 먹다가도, 수업을 듣다가도, 볼 일을 보다가도, 이십 분에 한 번씩, 한 시간에 세 번씩 징징댔다.

야동은 가상 세계였고, 섹스는 현실 세계였다. 현실 세계에서 만들어서 가상 세계로 유통될 수는 있었지만 가상 세계에서 현실 세계로 넘어갈 방법은 없었다. 적어도 펭귄에게는.

야동은 섹스를 완전히 대체할 수 없고, 하지만 야동은 섹스를 생각하게 만들었고, 야동은 섹스에 대해 초연하게 만들 수도 있었고, 하지만 여전히 해소되면서도 충족되지 않고. 펭귄 때문에 돌아버릴 지경이었다. 아무리 펭귄에게 아는 여자도 없고, 연락할 수 있는 여자는 더 없고, 사귀는 여자가 있다고 해도 그게 말이 되는 소리냐고 설명해도 소용없었다. 운동? 안 된다니까. 펭귄은 공을 차면서 울었다. 공부? 아무 걱정 없이 평온해도 공부가 될까 말까인데, 미친 펭귄을 안고 공부를 하라고? 생물 시간에 정자와 난자, 생식세포나 감수분열만 나와도 펭귄은 침을 흘렸다. 펭귄은 울고불고 생떼를 쓰기 시작했다. 펭귄이 발광하면 북극곰은 불러도 대답조차 없었다. 펭귄이 북극곰을 따버렸나. 에이, 펭귄이 대체 무슨 수로. 펭귄 백 마리가 달려들어도 북극곰 발짓 한 번이면 끝장인데.

마약 중독자처럼 야동을 틀었다. 날뛰던 펭귄도 새로운 야동을 보여주면 두세 시간 정도는 조용했다. 약효는 오래가지 않았다. 매번 새로울 수는 없었다. 하루하루를 어떻게든 넘어가는 심정으로 펭귄을 달랬다. 남극을 탐험하는 기분으로, 읽을 수 없는 외국 홈페이지를 뒤적였다. 영어와 일본어가 늘었다. 덕분에 일본어 시험은 매번 만점을 받았다. 언어감각을 타고 났다고, 일본어 선생님은 나만 보면 칭찬을 아끼지 않았다.

*

가장 진보적인 단체도 야동의 전면 자유화를 주장하지는 않았다. 진보의 길은 멀고 험난했다. 자유로워지기 위해서는, 느리지만 조금씩 나아가긴 하니까, 천년쯤 더 기다려야 할 것 같았다. 후세의 역사가는 21세기도 암흑 중세로 분류하리라.

"이러면…… 안 되는데……"

코카콜라 전속모델 북극곰은 믿지 못할 동물이었다. 식후 시원한 콜라 한 잔 마시는 온순한 동물처럼 보이지만, 사실 최상위 포식자다. 콜라를 마시는 북극곰 앞에는 바다표범의 사체가 있다. 큰 것은 1톤이 넘는다. 인간을 사냥하는 데 큰 망설임도 없다. 북극곰을 만나면 싸워도 죽고, 도망쳐도 죽고, 죽은 척해도 죽었다.

북극곰의 울음소리를 듣다 보면 나 자신이 쓰레기처럼 느껴졌다. 눈이 마주치면, 북극곰은 묘한 눈빛으로 나를 쳐다봤다. 나도 펭귄도 언젠가 북극곰에게 잡아먹힐 것 같았다. 누가 먼저 잡아먹히느냐의 문제처럼 보였다.

학교에서는 불쌍한 우리를 위해 성교육을 하기는 했다. 고등학교라서 그런가, 정자와 난자보다 현실적인 설명과 해결책을 제시해주었다.

"자연스러운 본능입니다. 죄책감을 가질 필요는 없습니다. 그러니까 학생 여러분, 파이팅! 건전하게 운동으로 푸세요."

하루 종일 운동장만 뛰면 풀 수 있을지도 모르겠다. 차라리 모방 범죄를 불러일으킬 수 있으니 참으라고 하는 쪽이 그럴듯했다.

따라하지 말라고 해도 꼭 따라하는 남자들이 있다. 남자들은 전기콘센트를 보면 젓가락을 집어넣어보고 싶은 충동을 느꼈다. 젓가락을 넣었다가 감전되면 놀라서 그만두는 게 아니라, 한 번 더 해봐도 똑같이 감전될까? 하는 습성까지 있었다. 다섯 살 때, 누나가 젓가락을 들고 벽에 붙어서 부들거리는 나를 발로 차지 않았다면 펭귄은 영영 만나보지도 못했겠지. 누나는 가끔 이유 없이 나를 가만히 쳐다보다가 조금만 늦게 찰걱, 하고 후회했다.

야동은 상상력의 차원을 한 단계 업그레이드시켰다. 미처 상상하지도 못한 것을 야동은 태연하게 소화해냈다. 침팬지가 오스트랄로피테쿠스로 진화하는 순간이었다. 혼자서는 닿을 수 없는 세계. 봤으니까, 배웠으니 따라할 수 있다.

판타지는 현실이 아니다. 젓가락을 넣으면 죽는다. 상상력은 필요하지만 상상처럼 행동하면 안 된다. 옆에서 발로 차줘야 했다. 그러나 꿈도 꿔야 했다. 야동이 필요한 이유였다.

*

합리화는 쉬웠다. 자기합리화는 다른 사람들에게는 용납되지 않았다. 세상에 완전한 악수는 없었다. 모든 악수는 흔적을 남겼다. 완전 범죄란 없다.

한 번 걸리고 나자 아빠는 무작위로 나타났다. 새벽에 컴퓨터로 야동을 보다 걸리자 인터넷 선을 잘랐다. 나는 팬티에 손을 넣고 펭귄을 만지작거리며 일본 사이트를 보고 있었다. 휴지를 왼손에 들고 있는 현행범이었다.

미란다 원칙은 지켜지지 않았다. 아빠는 해가 뜰 때까지 한탄을 했다. 우리가 어떻게 사는 줄 아냐, 회사가 어떤 줄 상상이나 하고 있느냐, 아직까지 우리는 위기를 벗어나지 못했다, 반드시 성공해야 한다, 성공이란 말이다, 회사에서 잘리지 않는 것이다. 아니, 회사에서 잘리더라도 살아갈 수 있는 것이 성공이다…… 아빠는 이런 말을 늘어놓다가 코를 골았다. 태어나서 처음으로 아빠가 불쌍했다. 지금도 위기라는 말은 그나마 그럴듯하게 귀에 남았다. 방학 때 귤을 까먹으며 금모으기 운동을 보고 뭉클 감동했는데. 그 뒤로 IMF가 경제뿐만 아니라 생존 자체를 바꿔버릴 줄은 몰랐다. 금방 극복했다고 믿었지만 우리는 죽을 때까지 IMF의 자식이었다. 애초에 금을 모은다고 될 일도 아니었고, 금모으기 운동에 동참하는 사람들 때문에 일어난 일도 아니었지만.

인터넷 설치 기사 아저씨는 알 만하다는 듯 픽 웃었다. 퇴근한 아빠는 다시 연결된 선을 보고도 아무 말 하지 않고 저녁만 먹었다. 회사는 작고, 일은 많고, 아빠는 갈수록 집에서 입을 열지 않았다. 인터넷 설치 기사 아저씨는 그 뒤로도 몇 번 더 왔다. 나중에는 어떻게 연결하는지 가르쳐주고 가려고 했다. 펭귄과 놀다 보면 부모님이 등뒤에 서 있는 것도 몰랐다.

아빠는 저녁을 먹은 뒤 컴퓨터를 다시 안방으로 가져갔다. 항소는 기각되었다. 조건은 단순했다. 반 등수를 십 등 올릴 것. 1학기 기말고사 성적은 45명 중 30등이었다. 성적만 올린다면 야동을 보든지 찍든지 상관 않겠다고 했다.

결국 모든 것은 공부 문제였다.

*

학교에 가면 잠만 잤고 집에 오면 야동과 게임에만 미쳐 있었는데, 나보다 공부 못하는 놈들이 열 명 넘게 있었다. 자신에게만 한없이 관대하고 단순한 내 기준에 따르면 1등부터 15등까지는 상위권, 16등부터 30등까지는 중위권, 31등부터 45등까지는 하위권이었다. 30등이니까 나는 중위권인 줄 알았다. 대부분의 어른들이 스스로를 그래도 중산층은 된다고 착각했던 것처럼. 요즘은 다들 서민도 아니라고 하지만, IMF 때까지도 많은 설문조사에 사람들은 자신이 중산층이라고 대답했다. 다들 평균의 함정을 몰랐다.

"고고공부해! 공부부부하라고! 공부하다가 주주, 죽어버려!"

펭귄은 금단증상 때문에 날개까지 덜덜 떨고 식은땀을 흘렸다. 아빠보다 펭귄이 더 난리를 쳤다. 확 잘라버릴까. 잠깐 가위를 들고 망설이기는 했지만 날이 섬찟해서 싱크대에 던져버렸다. 차마 괴로워하는 불쌍한 펭귄을 자르고 응급실에 실려갈 수는 없다. 싱크대에 가윗날이 튕기는 소리가 요란하게 울렸다.

야동을 볼 수 없게 된 펭귄은 질질 울었다가, 화를 냈다가, 하루에도 몇 번이나 얼굴이 바뀌었다. 조울증 같았다. 펭귄이 가야 할 곳은 동물병원인데, 동물병원은 의료보험도 안 된다. 병원에 끌고 가서 상담이라도 받아야 하는 것 아닌가 싶었지만 그랬다가는 강제로 입원당할 것 같았다.

컴퓨터가 없어도 악수를 할 수는 있었다. 머리에 담아둔 이

미지가 있었다. 하지만 기억은 컴퓨터 모니터만큼 선명하고 부드러운 영상을 만들지 못했다. 머리가 나빠서 그런가. 서울대 가는 애들은 한 번 본 야동은 모조리 기억하겠지. 예술하는 애들은 더 섬세하고 창의적으로 영상을 떠올릴 수 있겠지.

시름시름 앓던 펭귄이 공부하라고 들볶기 시작했다. 물론, 공부보다 먼저 아빠를 졸라봤지만 씨알도 먹히지 않았다. 아빠는 아무 말 않고 모니터를 머리 위로 집어들었다가 내려놓았다. 공부는 하기 싫지만 아빠와 펭귄 모두 한 치의 양보도 없었다. 그나마 북극곰이 조용해서 견딜 수 있었다.

*

"내가 널 좀 알잖아. 진작 네가 해낼 줄 알았어."

믿기지 않겠지만, 2학기 중간고사에서 컴퓨터를 탈환했다. 정확히 반에서 20등을 했다. 펭귄은 벌떡 일어나 성적표를 말아 쥐고 부채춤을 추었다. 집에 오는 버스와 골목에서도 자꾸 바지 밖으로 기어나오려고 했다. 얼마나 중고등학생들이 공부라고는 하지 않는지 알 수 있었다. 몇 달 동안 미친듯이 공부하지도 않았다. 수업 시간에 예전보다 조금 덜 자고, 딴짓 덜 하고, 선생님이 무슨 말을 하는지 주워듣고, 중간고사 시험 범위를 1등에게 물어보고, 시험 기간에 컴퓨터를 하지 않았을 뿐이었다.

우리 반 20등부터 45등까지는 수업 시간이고 쉬는 시간이고 공부 자체를 하지 않았다. 학교는 다니지만 머릿속은 항상 시원했다. 어쩌다 선생님 말을 듣고, 어쩌다 수업 필기를 할 뿐이다. 그래도 꾸역꾸역 뭔가를 배운다는 사실이 신기하기만 했다. 공교육도, 주입식 교육도 나쁘지만은 않았다.

의기양양하게 성적표를 아빠에게 내밀었다. 아빠는 그래, 네가 나를 닮았으면 머리가 나쁠 리는 없다며, 박찬호를 보라고, 하면 된다며 나를 끌어안았다. 반에서 십 등을 올렸을 뿐인데 박찬호의 메이저리그 10승보다 더 난리가 났다. 누나는 한숨을 쉬더니 독서실에 공부하러 갔다. 컴퓨터가 내 방으로 돌아오는 날 펭귄은 밤새 잠을 자지 않고 힘차게 허리를 튕겼다. 다리가 부들부들 떨려 등교 버스에서 넘어졌지만 그래도 좋았다.

*

"학원에 가자."

펭귄은 야심가였다. 이루어지지 못할 꿈을 꿨다. 성사 여부와 무관하게, 쓰러지더라도 다시 일어났다. 변덕스럽지만 열정이 있었으니, 사람으로 태어났으면 뭐가 되도 될 놈인데. 고작 펭귄으로 태어난 게 아까웠다.

나름대로 주도면밀했다. 다시 교회에 나갈 수는 없다. 교회야 동네에 넘쳐났지만, 다른 교회에 나가면 배신자가 되는 것 같았다. 펭귄의 분석에 따르면 교회는 실속이 적었다. 빨리 친해지는 데에는 유리했지만 어딘가가 막혀 있었다.

"교회에서 얻은 것도 없잖아?"

주여, 꼭 저 불경한 펭귄을 벌하소서. 저는 저 펭귄을 알지 못합니다. 다만 제 펭귄이 아니오니 쟤만 지옥으로 끌고 가소서.

대세는 학원이라고 했다. 이왕이면 공부도 하고, 여자도 만나고. 학원보다 좋은 방법은 없다는 주장은 그럴싸했다. 교육부 장관 자리에 앉아서 이것저것 지시를 내리는 펭귄이 떠올랐다. 맞는 말이었다. 뭐든지 땡길 때 바짝 땡겨야 하고, 공부도 마찬가지다. 공부에도 다 때가 있다. 다른 학생들은 벌써 중학교 때 한참 선행학습을 하고 대입 준비를 하고 있는데 지금도 늦은 거다. 하지만 늦었다고 할 때가 가장 빠른 때다. 선생님들이 늘 하는 말이 생각났다. 생각해보니 국어나 사회는 혼자서도 할 수 있지만 영어와 수학은 도저히 무리였다. 영어와 수학을 하나씩 듣자는 제안은 그럴듯했다.

"드디어 철이 들었구나."

저녁 밥상에서 학원에 보내달라는 말을 꺼내자 아빠는 울먹였다. 성적도 올랐는데 학원까지 보내달라니, 아빠는 빚을 내서라도 보내주겠다고, 네가 머리가 나쁠 리가 없다고, 너는 내 아들이라고, 착각의 늪에서 허우적거렸다.

누나가 영어 학원에 가고 싶다고 어렵게 말을 꺼냈을 때는 맏딸이 집안 형편도 모른다고 서운해하던 아빠가 당장 소고기를 사오라고 했다. 등심이어야 한다고 큰소리쳤다. 순식간에 다시 한 번 코리아, 우리 집안을 일으킬 든든한 장남, 『공부가 가장 쉬웠어요』의 후속편 저자가 될 의지의 한국인이 탄생했다. 누나가 야간자율학습을 하느라 집에 없어서 다행이었다. 아빠는 그깟 돈, 빚을 못 내면 금연과 초과근무라도 해서 학원에 보내겠다고 큰소리를 쳤다. 등심을 굽고 소주를 마시며 금연, 금연을 중얼거리는 아빠를 보며 펭귄이 검게 웃었다.

*

공부만 잘하면 악수를 해도 된다. 성적만 오른다면야 하다가 걸려도 괜찮다. 아니, 악수를 해도 배려를 받았다. 반에서 1등이 아니더라도, 성적이 오르는 동안만큼은 악수의 자유가 허용되었다. 전교 1등이 전국 1등을 하는 순간까지 악수는 용인되었다.

부모들에게 악수보다 무서운 건 성적이 떨어지는 일이다.

1등이 집착적으로 악수를 하더라도 1등만 유지한다면, 극심한 학업 스트레스를 악수로 푸는 거겠지 하면서 조금 더 질 좋은 크리넥스 티슈라도 한 통 사다줄 여유가 생긴다. 1등에게는 티슈를, 10등에게는 두루마리 휴지를. 티슈를 쓰고 싶다면 공부를 해라. 꼴등에게는 신문지도 아깝다.

휴지의 등급은 냉혹했다. 공부도 못하면서 악수 현장을 들키면, 초등학교 때 받아쓰기 시험 망친 것까지 죄다 악수 탓으로 돌아갔다. 하라는 공부는 안 하고 악수만 하는 몹쓸 민달팽이로 낙인찍혔다. 성적표가 상한가를 치기 전까지 악수는 철저하게 감시 받았다. 악수는 나태의 근원이었다.

"스트레스 때문에 시험 망치면 아빠가 책임질 거야?"

노크 없이 방문을 연 아빠에게 짜증을 낼 수 있었다. 공부와 악수는 별다른 상관관계가 없다. 학생은 하루에 열 시간 이상 공부해야 하고, 악수는 길어야 한 번에 오 분이다. 아무리 고등학생이라도 매일같이 하루에 세 번 이상 하긴 힘들다. 고작 하루 십오 분 정도면 마음 편하게 다시 공부할 수 있는데, 억지로 참아가며 열 시간 공부를 한다는 것은 화장실 갈 시간이 아깝다며 참고 문제집을 푸는 꼴이다. 체력이 떨어지니까 안 된다고? 악수 때문에 집중력이 떨어지는 건? 잡념을 없애준다는데 고작 체력 약간 떨어지는 것쯤이야. 체력이 필요한 이유는 어디까지나 집중력을 확보하기 위해서다.

악수하는 시간 아껴서 성적 올렸다는 사람은 없다. 잠자는 시간 아껴가며 공부한 사람은 있어도, 화장실 가는 시간조차 아까웠다고 하는 사람은 있어도, 악수하는 시간조차 아깝다고 말한 유명인은 없었다. 다들 열심히 악수를 하면서 문제집도 풀었다. 오 분만 투자하면 깔끔한 마음으로 공부에 집중할 수 있다. 정 시간이 아까우면 오른손으로는 악수를, 왼손으로는 교과서를 넘기는 방법도 있었다. 공부하면서 악수하는 것은 나쁘지만, 악수하면서도 공부하는 것은 옳으니까. 짧은 악수가 끝나면 무한한 집중력이 생겼다.

성적이 오르는 동안은 안심하고 악수할 수 있었다.

*

아빠는 금연하는 척하다가, 내가 학원에 등록하고 나니 다시 담배를 피웠다. 엄마만 힘들어했다.

펭귄은 학원을 두고 오랫동안 고심했다.

"어디에 여자가 많을까?"

대형 강의는 쌌다. 의지만 있다면 가격 대비 효과는 대형 강의가 당연히 좋았다. 대형이니까. 누나는 싼 대형 강의만 들었다. 언제나 남녀차별이 심했지만, 언제나 남자들은 남녀차별이 뭔지 이해도 하지 못했다. 남자들은 비싼 종합반에 더 많았고 여자들은 대형 단과반에 더 많이 등록했다. 누나는 대학교 갈 때까지 종합반에 다닌 적이 한 번도 없었다.

대형 학원 강의실은 얼마나 열악한지 책상에 엎드리면 앞사람 등에 앞머리가 닿을 정도로 좁았다. 강의실에 앉아서 웅크리고 있다 보면 엄마 뱃속으로 돌아간 것 같았다. 수강증 끊기도 힘들어서 일요일 새벽부터 줄을 서야 간신히 등록할 수 있었다. 거리는 멀었지만 굉장히 쌌다. 제일 싼 동네 학원의 반값보다도 쌌다. 서너 과목쯤 들으면 학원비만 한 달에 두 배 이상 차이가 났다.

새벽부터 수강증을 끊으러 갔다. 펭귄은 새벽에도 힘차게 깨어 있다가 금세 다시 졸기 시작했다. 첫차를 타고 왔는데도 이미 백 명도 넘는 사람들이 줄 서 있었다. 오 분만 더 늦었어도 수강증을 못 끊을 뻔했다. 첫차 버스가 통학 버스마냥 중고등학생들로 바글바글했다. 버스에서 내리자마자 모두 우르르 뛰었다. 학원 주변에는 떡볶이 집도 많았다. 수강증을 끊고 괜히 좋아하지도 않는 떡볶이 집에서 서성거렸다. 아침으로 떡볶이를 먹었다. 떡볶이 집에는 학원을 다니는 건지 떡볶이를 먹으러 학원에 나오는 건지 헷갈릴 만큼 학생들이 많았다.

수강증을 끊자 살아 있다는 느낌이 들었다. 이 시간에 누군가는 공부하고 있다. 설악산 울산바위에 처음 올라갔을 때 느꼈던 경이의 세계가 있었다. 비록 수강증만 끊고 집에 돌아왔지만, 집에 오자마자 쓰러져 일요일 하루 종일 잠만 잤지만, 떡볶이는 예상보다 맛있었고, 일주일 동안 뿌듯했다.

*

모든 여고 교복이 대형 학원에 다 모여 있었지만, 걔들은 수진이가 아니었다. 괜히 수진이 생각만 더 났다. 펭귄과 달리 나는 여학생들에게 반쯤만 관심이 있었다. 여학생들보다는 여전히 축구, 컴퓨터가 중요했다. 아니면 스페이드 8, 또는 수진이.

"말 좀 걸어봐. 쟤, 아니, 쟤한테. 아니, 쟤도 괜찮고. 쟤는 어때?"

펭귄은 수줍음을 탔다. 펭귄은 방에서만 기세등등했다. 밖에 나오면 숨어서 눈치를 보거나 쪼그라들었다. 펭귄은 여학생들을 조용히 책상 아래에서 숨죽이고 훔쳐보기만 했다. 자리가 정해져 있지는 않았다. 일찍 오는 순서대로였는데 앞자리는 대부분 여학생들이 앉았다. 늦게 가면 주변에는 온통 시커먼 남학생들밖에 없었다. 여학생들을 충분히 보기 위해서는 일찍 가서 앞쪽에 앉아야 했다. 여학생들이 지나가면 좋은 냄새가 났다.

펭귄은 앞자리 여학생의 등 뒤로 비치는 속옷 자국만 봐도 좋아했다. 야동과 또 다른, 실제의 세계가 눈앞에 있었다. 교회를 그만두고 나서 이렇게 가까이에서 여자를 보는 건 처음이었다. 펭귄은 여학생 샴푸 냄새만 맡아도 미소를 지었다. 책상 위로 올라오려고 버둥대는 펭귄 때문에 항상 다리를 꼬고 앉아야 했다. 쉬는 시간에 오줌이 마려운데도 펭귄이 버둥대고 있어서 일어나지 못한 적도 많았다. 작은 의자에서, 다리를 꼬고 수업을 듣고 나면 허리가 뻐근했다.

"아무에게나, 아무 말이나, 사랑한다고 하든지, 아무 말이라도 해봐. 응? 제발."

"저, 저기요. 혹시⋯⋯."

"네?"

"이따 순대 드실래요?"

표정이 누나와 똑같았다. 여학생은 쉬는 시간이 되자 슬금슬금 가방을 싸더니 자리를 멀찍이 옮겼다. 흉측한 순대 대신 떡볶이라고 말할걸.

*

아무 일도 일어나지 않았다. 공중 화장실 자판기에서 콘돔이나 뽑다가 학원을 그만뒀다. 쓸데도 없었지만 콘돔을 뽑아보는 일은 스릴 넘쳤다. 콘돔을 지갑 속에 넣어두면 어쩐지 멋진 일이 생길 것 같았다. 자판기에서는 일반형과 특수형 콘돔을 팔았다. 일반형이 오백 원, 특수형이 천 원, 한 통에 두 개 들어 있었다. 다들, 하나로는 부족하고 기본이 두 번인가 보다.

왜 화장실에서 콘돔을 팔지? 아무리 급해도 화장실은 아닌 데. 편의점이 보편화되기 전에는 콘돔 하나 마음 편히 사지 못 했다. 화장실 자판기 덕분에 중고등학생들은 콘돔을 구경이나 마 할 수 있었다. 성교육과 피임을 학교 대신 화장실 자판기 가 했다.

학원은 두 달쯤 다니다 말았다. 그런 식으로 학원을 다녀도 성적이 조금 올랐다. 기말고사에서 16등을 했다. 30등에 비하 면, 이런 식으로 성적을 계산하는 게 맞을 리는 없지만, 이백 퍼센트나 성적이 뛰었다. 내 기준으로는 중위권이었지만 중위 권에 묶이고 싶지 않았다. 곧 상위권이 될 중위권이라고 생각 했다. 15등에서 20등 사이에 있는 녀석들도 21등에서 45등에 있는 녀석들과 다르지 않았다.

"동네 종합반으로 가자. 여긴 내 취향이 아니야."

펭귄은 목표를 바꿨다. 펭귄을 보면 감탄이 나올 때가 많 았다. 성격이 좀 지랄 맞고 말을 함부로 하기는 해도, 펭귄은 지치지도 않고 꾸준히 도전했다. 악수 말고는 제대로 해본 적 도 없으면서. 악수를 하는 순간만큼은 집중력도 높았다. 펭귄 에너지라는 게 개발된다면 인류는 무한하고 깨끗한 에너지를 쓸 수 있을 것이다. 수천 마리의 펭귄이 누워있고, 한 마리씩 일어서면서 온몸으로 에너지를…… 차라리 펭귄이 아빠 아들로 태어났으면 잘살았을 텐데. 아빠, 미안.

동네 학원이라고 뾰족한 수는 없었다. 수강료만 비쌌다. 여자애들 세 명과 연락처를 주고받는 데까지 성공했지만 연락처가 전부였다. 어느새 정신을 차려보니 주변에는 멀리까지 학원을 다니기 귀찮아하는, 수업 시간에도 잠만 자는 남학생들만 바글거렸다.

대형 학원보다 쾌적했고 선생님들은 친절한 척했지만 애초에 공부가 목적이 아니었기 때문에 성적이 달라지는 일은 없었다. 15등 이내에 드는 녀석들은 공부라는 것을 하기는 하는 모양이었다. 성적은 다시 뒷걸음질을 치기 시작했고, 나는 중위권이면 충분하다고 생각하다가 고등학교를 졸업했다.

6

선택과 집중, 환상과 현실

 스무 살이 되었다. 고등학교 졸업 전까지는, 하고 싶었지만, 불안하지는 않았다. 한 살이라도 어릴 때 하면 더 좋겠지만 아직 미성년자였으니까. 대학가면 다 하겠지. 연애를 하고, 손을 잡고, 키스를 하고, 사랑을 나누고, 이 과정을 몇 번 반복하다가 이십대 후반이 되고, 결혼을 생각하고, 청혼하고, 결혼식을 올리고, 아이를 둘쯤 낳고, 때가 되면 나이에 맞게 다 그렇게…… 나 정도 얼굴이면 남자들 평균은 되잖아? 일찍 하고 싶고, 지금 하고 싶고, 많이 하고 싶고, 다양하게 하고 싶지만, 한 번도 못 하고 죽진 않겠지?

 슬슬 불안했다. 죽기 전까지 한 번도 못 해보는 사람도 있겠지. 살면서 모든 경험을 해볼 수 있는 것은 아니야. 연애를

못 할지도 몰라. 마흔 살까지 여자 손 잡아본 적이 없다는 아
저씨를 텔레비전에서 봤어. 연애를 못 하면 손도 못 잡아보겠
지. 결혼정보 회사에 간다고 결혼할 수 있는 것은 아니잖아.
결혼식을 할 여자가 없겠네. 때가 되어봐야 시간만, 그저 시간
만 지나갈 뿐일지도. 괜찮아, 악착같이 모든 경험을 일일이 다
해봐야 하는 것도 아니잖아. 언젠가는, 그래도 하겠지. 왜 눈
물이 흐르지…… 눈에서 흐르는 땀이겠지. 살다 보면 눈에서
땀도 흐를 수 있겠지. 안 좋은 쪽으로 생각하니까 괜한 걱정
만 들잖아.

"도저히 너한테는, 모든 사람이 하나씩 갖고 있다는 싹수란
게 보이지 않아. 대학 가면 분발하자, 아니야, 내가 안 믿으면
누가 널 믿겠어. 우리 둘이서도 잘 살았잖아. 힘내. 같이 야동
이나 보고 살자. 천 편쯤 되면 죽을 때까지 심심하진 않겠지."

고등학교 졸업식날, 술 취한 펭귄은 아무 말이나 했다. 취한
펭귄은 악수도 하지 않고 술병만 붙잡고 누워서 중얼거리기만
했다. 다음날이면 숙취 핑계를 대며 기억나지 않는다고 우겼
다. 펭귄의 주정 때문에 술을 마시기 싫었다.

*

안 되면, 포기하라.

과감하게 사업 분야를 정리하는 기업만 살아남았다. 사장님, 도저히 수학은 수지타산이 안 맞습니다. 수학을 버려야 합니다. 그래도 수학이 필요한 이유가 있을 것 아닌가. 학교에서 쓸데없이 수학을 가르치진 않았겠지. 최소한의 논리적 사고를 확보하려면 무리를 해서라도 수학을 지켜야…… 수학 따위 없어도 대학에 우선 진학할 수 있습니다! 수학은 치울 수 없는 걸림돌입니다! 맞습니다. 펭귄 상무의 말을 들어야 합니다. 하지만 대학에 간 뒤에 수학이 문제가 되면 어쩌나. 사장님, 당장 눈앞이 중요합니다. 급한 불부터 꺼야 합니다. 대학에 간 뒤에 따져도 늦지 않습니다. 도저히 이 머리로 수학은 무리입니다. 과감하게 수학을 매각하고 그 시간으로 국어나 사회를 사야합니다!

"너 혹시 천 이상 되는 숫자는 셀 줄 알아? 구백구십구부터 거꾸로 세볼래?"

수학은 깔끔하게 포기했다. 다른 과목에 집중했다. 총점의 시대는 갔다. 선택과 집중의 시대라고 모두들 떠들었다. 적당히 모든 것을 잘하는 사람은 시대에 뒤쳐진 사람이 되었다. 무슨 일이나 적당히 잘할 수 있는 사람이 되기도 어렵건만. 전 과목 성적을 모두 더해서 대학에 들어가던 시대는 지났다. 각 과목을 적당히 잘하는 것보다 특정 과목에 몰두하는 편이 좋았다. 사실 도저히 수학 문제는 답이 보이지 않았던 것이지만,

과감한 선택과 집중은 모든 분야에서 대세였다. 총점이나 평균이라는 말이 구태의연해지기 시작했다. 선택과 집중도 아무나 할 수 없었지만, 다들 총점을 잘 받는 것보다 잘하는 과목을 더 잘하는 게 유리하다고 믿었다. 믿고 싶었고 믿는 수밖에 없었다.

역시 선택과 집중이야.

학생들은 우르르 다 같이 수학을 포기했다. 대신 다른 과목 성적의 인플레가 시작되었다. 수학도 포기하고 영어도 포기하고 사회만 공부하는 학생들이 있었다. 사회는 인플레 때문에 변별력이 약해졌다. 최상위권도 최상위권 나름대로 사회성적 인플레 때문에 죽을 맛이었다. 한 발만 삐끗하면 끝장인건 누구나 마찬가지였다.

선택하고 집중하면 내 성적만 오르는 줄 알았다. 지난번보다 총점은 비슷하거나 더 떨어졌지만 사회 성적은 올랐으니까. 거시적으로 보면 고등학교 내내 결국 제자리걸음을 열심히 뛰었던 셈이었다. 모두, 다 같이.

*

낮은 패는 불리하지만, 낮은 패가 반드시 지는 것은 아니다. 대학입시는 시험성적이라는 패로 원서라는 게임을 치르는 것이다. 신은 시험성적을 주시지 않으셨으나 원서라는 행운은 얼마간 주셨다. 물론 도박판에서 따는 사람이 있으면 잃는 사람이 있었다. 따는 사람은 운도 실력이라고 했고 잃은 사람은 세상의 불공평함을 탓했다.

가까스로 서울에 있는 대학교에 진학할 수 있었다. 가까스로라는 말은 전공과 적성과 관계없이, 어떻게든 대학만 갈 수 있으면, 과를 불문하고, 붙을 수만 있다면, 아무 곳에나 원서를 썼다는 뜻이다.

어차피 전공이란 주어지면 어떻게든 마칠 수밖에 없는 것이다. 전공이 꿈이라면 대학입시 배치표는 현실이었다. 간혹 꿈을 찾아가는 사람도 있고, 하고 싶은 일을 하고 사는 사람도 있다지만, 친구 중에도 가끔 그런 녀석이 있었지만, 나는 확실하게 꿈과는 태양과 토성만큼 거리가 멀었다. 나는 꿈에서 멀어지고 있는데 꿈과 함께 걷고 있는 녀석들을 보면 배알도 꼴렸다. 얼마나 잘하는지 어디 한번 두고 보자는 앙심과, 정말 잘하면 배 아파서 어쩌나 하는 걱정과, 그래도 친구인데 잘했으면 좋겠다는 응원과, 쟤나 나나 비슷한데 그럴 리가 없지 하는 여유가 함께 떠돌았다. 다행인지 불행인지 꿈을 택해 출항한 친구들은 대부분 얼마 가지 않아 좌초했다. 허우적거리는 친구들을 편한 마음으로 구경했다. 저것 봐, 바다는 위험하다니까. 안전하게 바닷가 언덕에 자리를 깔고 앉아서 구경만 했다.

배치표는 몇 가지 선택지를 내밀었다. 몇 칸 안에서 적당히 골라야 했다. 배치표는 경제적인 나침반이었다. 꼭 하고 싶은 전공을 선택하고 싶다면 다른 대학을 찍으면 되고, 그나마 좋아 보이는 대학을 가려면 점수에 맞는 전공을 선택할 수밖에 없었다. 수천 개의 선택지가 있는 것처럼 보였지만 아래위 한두 칸, 좌우 서너 칸, 대여섯 대학 대여섯 학과가 실제로 선택 가능한 전부에 지나지 않았다. 기껏해야 한두 발짝 움찔거리는 게 고작이었다. 크고 넓어도 내가 움직일 수 있는 땅은 좁고 좁았다.

공부를 잘하고 못하고의 문제가 아니었다. 전공과 적성은 무관했고, 어떻게든 졸업은 다 하게 되어 있으며, 졸업한다고 전공과 관련된 직업을 얻을 리도 없었다. 적성에 대한 아쉬움과 한탄은 가끔가다 술자리에서 나누면 될 문제였다. 적성처럼 그럴듯하면서 나쁜 말도 없었다. 모든 사람에게 주어졌다는, 잘 찾아보면 잘하는 게 하나씩은 있다는 말은, 확실히 거짓말이었다. 위로는 되겠지만 억지는 억지였다.

사람은 좋아하는 일을 하면서 살 수 없다. 좋아하지 않는 일을 적당히 해도 살 만한 세상이 정상인데, 정상적인 세상은 비정상적으로 존재하지 않았다.

"아빠는 널 믿는다."

IMF의 후유증으로 취업에 유리한 학과들의 점수가 폭등했다. 배치표만큼 현실을 잘 반영하는 지표는 없었지만 다행히, 여전히 현실을 보기 싫어하는 사람도 있었다. 어떻게든 서울로 보내면 어떻게라도 되지 않을까 하는 헛된 기대도 남아 있었다. 취업에 불리한 학과는 작년보다 조금 더 싸게 팔렸다.

　"아버님도 참. 아직도 사람 볼 줄 모르시네."

　아빠를 욕하는 건지 나를 욕하는 건지 둘 다 욕하는 건지 모르겠다. 아빠도 반대하지 않았던 걸 펭귄이 다시 생각해보라고 했다. 펭귄의 걱정은 진심이었다. 여기는, 나중에 취업은 안 될 것 같았다. 대학 가서 잘하면 된다는 말은 자기최면이라는 것을 어렴풋이 눈치챘다. 고등학교 때, 잘생긴 애들은 잘만 여자들을 만나고 다녔다. 걔들에게는 기회란 것 자체가 무의미했다. 반면에 기회를 아무리 만들려고 해봐야, 기회가 있어봐야 소용이 없는 나 같은 애들도 있었다. 하는 애들은 다 했다. 다만 내가 그 애들이 아니었을 뿐이다.

　펭귄의 걱정대로 아무리 봐도, 졸업 후가 아무것도 보이지 않았다. 좀, 그랬다. 진지하게 한 번만 더 고민해봤다. 열심히 공부해서 장학금도 타고 영어 공부도 성실하게 하고 어학연수도 다녀와서 안 되면 워킹홀리데이라도 가고 인턴 경험 쌓은 뒤에 학벌이 아니라 실력으로 승부하면 된다는 좋은 소리에 먼저 귀를 기울였다.

나는 아닌 것 같았다. 스스로도 그것 하나만큼은 보증할 수 있었다. 자신은 없고 걱정 되지만 욕심을 내서 원서를 썼다. 여기라면 붙지 않을까, 여기도 떨어지면 어쩌지, 붙어도 걱정이고 떨어지면 더 걱정인데 하면서 합격자 발표를 기다렸다.

그런데 나머지 대학에서 다 떨어졌다. 붙은 대학이 하나밖에 없었다. 고민은 괜한 사치였다. 배치표는 현실을 반영했지만, 배치표 아래에는 작은 글씨로 이것은 어디까지나 추정이라는 단서가 달려 있듯. 현실은 고민을 필요로 했지만, 현실은 고민대로 움직이지 않았다.

굶어죽진 않겠지.

*

내가 대학에 가면서부터 누나는 꼭 필요한 말만 가끔 하고 입을 다물었다. 누나는 나보다 월등히 공부를 잘했는데 순전히 학비가 싸다는 이유로 집 근처 교육대학에 가야만 했다. 미안하지만, 나는 누나와 아빠 덕을 봤다.

누나는 그럭저럭 누구나 이름만 들으면 아는 서울의 사립대학에도 합격했다. 이름값만큼 등록금도 비쌌다. 아빠는 여자를 함부로 타지로 보낼 수 없다고 했다. 표정에서부터 설득력이 없었다.

아빠는 이런저런 핑계를 댔다. 마침내 아빠는 만취해서 누나에게 무릎을 꿇었다. 너는 동생보다 공부를 잘하니까 교육대학에 가서도 여전히 잘할 것이다. 교사는 여자에게 좋은 직업이다. 동생 성적으로는 국립대학에 가는 건 아무래도 무리다. 쟤는 대학이라도 보내야 인간 구실하지 않겠냐. 인간 구실이라니, 섭섭한 소리였지만 부정할 수도 없었다. 우리집 형편으로는 둘 다 사립대학은 도저히 보낼 수가 없다. 네가 미리교육대학에 가는 게 우리집 모두를 살리는 길이다. 아빠가 미안하다. 아빠가 죄인이다. 하지만 도저히, 도저히, 미안하다.

연기는 서툴렀다.

누나는 사흘을 울었고, 아빠는 사흘 동안 술을 마시고 집에 들어왔다. 방 안에서 우는 누나와 술 먹고 들어오는 아빠가 대치했다. 누나는 울음소리로, 아빠는 침묵으로 버텼다. 엄마는 아무 말도 하지 않고 가슴만 쳤다. 엄마가 누나 방문을 힘없이 두드렸다.

울음소리와 주정은 얄팍한 문 덕분에 내 방에서도 다 들렸다. 고등학생이었던, 대형 학원에서 여자에게 말 한번 제대로 걸어보지 못했던, 말 한번 걸어보려고 머리 굴리던 나는 미안하면서도 짜증이 났다. 내가 누나의 아빠도 아니고, 어디까지나 누나와 아빠의 일인데 내가 나서야 하나 싶었다.

"제가 알아서 할게요. 누나는 원하는 대학 보내주세요."

아빠는 취해서도 피식 웃었다. 얼마나 철없는 소리인지도 군대에 갔다 와서 알았다. 타지에서 대학교를 다니며 등록금과 생활비를 동시에 해결한다는 건 말도 안 되는 소리였다. 알아서 하겠다는 말처럼 무책임한 소리도 없었다. 아빠의 계산기에는 답이 나와 있었다. 사립대학 등록금, 서울에서의 생활비, 대학생이 노동해서 가까스로 얻을 수 있는 돈 같은 것들. 대학생이 되고 내가 무엇도 알아서 할 수 없다는 것을 깨닫고 났을 때는, 아빠의 웃음이 자꾸 생각났다.

*

"뜨거운 태양, 푸른 빛 바다. 오, 여기는 캘리포니아."

펭귄이 선글라스를 꺼내들며 감탄했다. 졸업할 때는 공대에 가야 했다고 좌절했지만 입학했을 때는 우리 과가 천국인 줄 알았다. 남자보다 여자가 더 많다고 자랑하고 다녔다. 그저 여자애들이 많았을 뿐, 나와는 무관했는데. 어디에서라도 자부심을 찾아서 걸치는 습성 때문이겠지. 선배들도 과반은 여자였다. 선배들의 과반이 여자라는 말은 후배의 과반도 여자라는 뜻이었다. 동기들은 힘들어도 후배들에겐 먹히겠지? 괜찮아, 일 년 더 기다리지 뭐. 기다리는 건 잘하니까. 무슨 부정적인 생각이야, 긍정의 힘! 잘해봐야지! 다음 수업을 듣기 위해 강의실을 이동하면서도 괜히 기분이 좋았다. 우리를 부러워하는 많은 눈을 즐기며 여자 동기들의 뒤를 졸졸 따라갔다. 어쨌든 신입생이었고, 대학교는 고등학교보다 자유로워 보였다.

펭귄, 이제는 마음 푹 놓으렴. 같은 과 커플이 되어 같이 수업도 듣고, 과제도 하고, 조별 과제가 있을 때는 둘이서 나란히 같은 조에 들어가고, 시험기간에는 도서관에서 함께 열의를 불태우고, 수업이 비는 시간이면 오순도순 밥도 먹고, 저녁에는 학교에서 함께 산책도 하고, 아잉, 누가 보면 어쩌려고, 그럼 방으로 갈까? 앞뒤가 탁탁 맞아떨어지는 상상이었다.

누군가를 좋아하지 않는 남자란 없다. 남자는 누군가를 반드시 좋아하게 된다. 입학하자마자 마음에 드는 애가 생겼다.

"분산투자가 좋다더라."

나보다 더 빨리 똑똑해지는 펭귄이었다. 수진이의 경험으로 미루어보아 한 명만 찍는다고 될 일이 아니었다. 올림픽도 동메달까지는 있다는 이유로 펭귄은 세 명까지 후보를 정했다. 그런데 후보를 정하면서, 처음에는 활기찼던 펭귄이 빠르게 기운을 잃어갔다. 어디 아픈가. 잘 놀다가도 갑자기 탈진하거나 시무룩해지는 날이 늘어났다.

미모 순으로 금, 은, 동이라고 부르자. 금, 은, 동에게 차례로 말을 걸었다.

"내가 너랑 영화를 왜 봐?"

"미안, 다이어트 중이야. 점심은 안 먹어. 저녁도 굶어."

"주말에는 아르바이트가 있어서…… 평일에도 아르바이트…… 응, 방학 때도 아르바이트 할 거야."

금은 솔직해서 고마웠다. 맞는 말이었다. 나와 영화를 볼 이유가 없지. 금은 영화를 찍어도 될 얼굴이니까. 다이어트를 한다던 은은 다음날 저녁 삼겹살을 먹고 있었다. 얼마나 먹었는지, 테이블에는 여자 셋밖에 없었는데, 불판 여덟 장이 쌓여 있었다. 여섯 개의 양볼은 고기쌈으로 빵빵했다. 빵빵한 볼들이 연신 벨을 눌렀다. 벨만 누르면 삼겹살집 아저씨가 행복한 얼굴로 오른손에는 삼겹살, 왼손에는 불판을 들고 날아왔다. 그래, 봄에는 황사가 많으니까, 먼지에는 삼겹살이 좋다지. 애써 고깃집을 못 본 척 외면했다.

동은, 평생 아르바이트나 하라지. 하지만 동이 우리 과에서 제일 잘 산다는 소문은 이미 파다했다. 아버지가 S사 임원이었다. 동이 스포츠카를 타고 지나가더라는 말도 들렸다. 동의 스포츠카에는 잘생긴 남자 둘이 조신하게 타고 있다고 했다. 상가 건물이 있다는 말도 있었다. 상가 앞에서 붕어빵이라도 구워 팔 수 있게 데이트 신청 같은 거 하지 말고 친하게 지낼걸. 그러면 최소한 날 싫어하지는 않았을 텐데. 동은 심지어 성적 장학금마저 싹쓸이했다.

타고난 얼굴, 타고난 몸매, 타고난 집안. 타고난 사람에게 원망 따위는 먹히지 않았다. 아니지, 감히 원망이라니. 동과 친하게 지낼 방법은 영영 없으려나.

*

많은 남자 신입생들은 구제불능이다. 보고 있으면 보는 사람이 다 난감해지지만 그들의 눈망울 앞에서는 무슨 말도 하기 어렵다. 선배들도 알고, 교수님도 알고, 동기 여자애들도 아는데, 남자 신입생들만 자기가 모자란 것을 몰랐다. 조금만 친해지면 죄다 단순명료한 바보라는 것이 드러났다.

하필이면 이런 놈들하고 친해지다니. 과에 있는 남자들은 한 명만 빼고 다 비슷했다. 털 줄 아는 건 입과 펭귄밖에 없었다. 둘 다 털어봐야 아무 진전도 없었다. 열심히 자신을 포장해댔지만 얄팍한 포장지가 전부였다. 손톱으로 그으면 찢어질 포장지였다. 그나마 여학생들 앞에서는 저절로 과묵해지고 어버버거렸다.

남자 선배들은 인생에 도움이 되지 않는 족속이었다. 조금이라도 예쁘다 싶은 여자 동기들은 남자 선배들이 족족 채갔다. 고작 대학물을 일 년 더 먹은 선배들은 하이에나였다. 입에 침을 흘리면서 기회만 엿보다가 날름 물어갔다. 선배라는 이유로 절반 이상 먹고 들어갔다. 같은 신입생이지만 잘생긴 남자들은 족제비였다. 하이에나가 쓸어가고 족제비가 채갔다. 하이에나나 족제비나 둘 다 꼴 보기 싫었다. 두더지에 가까운 우리는 입학하자마자 땅굴을 파고 다음해를 기약당해야만 했다. 대학에 와서도 축구를 하고 컴퓨터 게임을 할 줄은 몰랐다.

고양이라면 귀엽기나 하지. 신입생들은 귀여움으로 승부를 보려고 했지만 콧수염은 거뭇거뭇했고 여드름 자국도 남아 있는, 아무리 좋게 봐줘도 두더지가 맞았다. 패션은 어설펐고 욕이 들어가지 않는 대화는 어색했으며 체크무늬 남방에 아랫단이 반질반질한 면바지가 펄럭거렸고 언제나 까만 운동화만 신고 다녔다. 취미는 영화 감상과, 어, 팝송을 즐겨 듣습니다, 하는 수준이었고 열심히 말을 해도 제일 재미없는 개그맨 같았다. 술을 조절할 줄도 몰랐고 감정을 살피는 일은 더 엉망이었다. 하다못해 대학교나 주변 지리도 몰랐다. 수강신청 하나 제대로 못 해서 강제 휴학당할 뻔했다.

여자 선배들은…… 예쁜 여자 선배는 보이지 않았다. 못생긴 여자만 입학한 건 당연히 아니다. 예쁜 선배는 과생활에 나올 여유가 없었다. 예쁜 선배들은 도서관에서 전공책만 들고 한 바퀴 돌아도 쪽지를 한 바구니 채울 수 있었다. 쪽지를 열어보고 쓰레기통에 하나씩 분리수거하는 일만 해도 바쁜데 굳이 과에 나와서 후배들에게 밥 사주고 놀아줄 예쁜 선배는 없었다. 예쁜 선배와 밥을 먹으려면 신입생 후배가 밥을 사야

할 형편이었다.

"누나 제 생일인데, 제가 밥 살게요."

"너, 그 밥 나한테는 왜 안 사?"

여자 선배는 여자로 보이지 않았다. 민달팽이 취급만 하고 말도 하지 않는 친누나보다 더 진짜 누나 같았다. 과 활동에 열심인 여자 선배들은, 그들의 노고와 사랑을 고려하면 정말 정말 미안한 말이지만, 싸워도 내가 질 것 같았다. 강인한 승모근과 탄탄한 팔뚝을 지녔고 소주 두 병 정도는 우습게 아작 내고 포효하는 기백이 있었다. 호탕하게 닭똥집과 염통을 사랑했다. 산더미같이 쌓인 오돌뼈를 쪼개고 감자탕은 얼마가 밀려오더라도 국물 한 방울까지 물리치고 밥을 볶아버렸다. 술집, 밥집 이모님들은 남자 선배보다 여자 선배들을 더 예뻐했다. 남자 선배들은 목소리만 컸지 먹는 것도 깨작거린다고 했다. 여자 선배들에게 맞설 수 있는 남자 선배는 한 명도 없었다.

마초 정신으로 무장한 남자 선배 하나가 있었다고 했다. 마초 선배는 여자 선배에게 일대일로 싸웠다가 박살이 나고 가장 빠른 입대 날짜를 찾아야 했다. 여자 선배가 군대까지 쫓아가 면회소에서 마초 선배를 패다가 헌병대에 붙잡혔다는 괴담, 헌병대 일개 중대가 그 누나에게 박살났다는 전설을, 여자 선배들은 소주를 유리컵에 따르며 구연동화처럼 들려줬다.

에이 선배, 말도 안 되잖아요라는 내 말에 여자 선배는 소주 한 병을 원샷하며 잘 안 들린다고, 다시 말해보라고 했다. 여자 선배들에게 잘못 들이댔다가는 물리적으로 맞아 죽을 수 있었다. 밤이면 여자 선배들의 술 먹자는 전화를 제일 두려워했다.

그래도 우리에게 제일 잘해준 건 여자 선배들이다. 예쁜 구석이라고는 없던 우리와 놀아준 은혜는 잊을 수 없다. 지금도 다시 만나면 무섭지만, 그들의 사랑에는 진심으로 감동하고 있다. 분명히 아끼는 눈빛이었다. 일학년 때 외에는 그런 눈빛을 다시는 받아볼 수 없었다. 선배는 어디까지나 선배니까, 차마 맨정신에 누나라고 부를 수는 없었지만, 몰랐을 뿐이지, 괜찮은 편이었다.

*

엠티의 환상은 단 몇 줄이면 충분히 처리할 수 있다. 엠티는 술 먹고 장기자랑하고, 장기자랑하면 꼭 여장하는 놈들이 있고, 여자보다 더 예쁜 놈들도 있고, 밤에 캠프파이어하면서 와했다가 다시 들어와서 술 먹고, 물론 소주만 먹고, 새벽까지 살아 있던 애들은 아껴뒀던 맥주로 목을 축이다가 쓰러지고, 다음날 일어나서 거대한 냄비에 라면 사리 리필해가며 속을 달랬다가, 시체처럼 돌아오는 일을 몇 번 반복하면, 일 년이 녹아버렸다. 척박한 환경 속에서도 엠티 때 눈이 맞는 애들은 있었다. 얼어붙은 남극에도 싹은 트나니. 선배와 우리 동기가 싹을 틔웠다. 두 달이 못 되어 얼어죽었지만. 동기끼리 눈이 맞는 경우는 딱 한 번 봤는데, 여장하니 여자보다 더 예뻤던, 유일하게 우리 과인데 우리와 전혀 비슷하지 않았던 녀석이었다.

성은 달랐지만, 그 녀석 이름도 재호였다. 신재호. 나중에 자식을 낳는다면, 이름은 꼭 재호로 지어야겠다. 신재호는 입학식부터 인기가 많았다. 여자와 손을 잡고 어둠 속으로 먼저 사라지는 재호를 보며 마신 소주가 한 짝은 된다. 빈익빈부익부. 될 녀석은 어떻게든 되었다.

다시 태어날까.

신입생 환영회는 장소만 학교 근처였고 엠티와 같았다. 술이나 잘 받아먹고 인사나 잘하면 그만이었다. 대학 축제는 장소만 학교였고 엠티와 같았다. 시키는 대로 파전이나 열심히 굽고, 집에 갈 때 길에 혼자서 주저앉아 모둠전이나 잘 구우면 그만이었다. 길에서 혼자 목구멍으로 전을 구우면 뒤집어주는 사람도 없었다. 새벽이면 비둘기가 몰려와 모닝 모둠전을 즐기고 갔다.

"다 집어쳐."

펭귄은 심드렁했다. 자취방이 생기고 좋았던 점은 컴퓨터 배경화면에 누드 사진을 마음껏 걸어둘 수 있다는 것 정도였다. 옆방에는 남녀의 웃음소리가 늘 끊이질 않았다. 좋은 일은 내 이야기가 아니라 친구 이야기거나, 친구의 친구 사례거나, 엄마 친구 아들의 몫이었다. 옆방에서 신음소리가 들릴 때면 발로 벽을 찼다. 얼마나 소리를 질러대던지 콘크리트 벽도 쓸모가 없었다. 옆방의 웃음소리는 밝고 맑았다.

*

"저렇게 생긴 놈도 여자 친구가 있는데."

다 같이 못 했으니까 고등학교 때까진 못 해도 억울하지는 않은데, 대학생이 되자 억울해졌다. 행복과 불행은 상대평가였다. 쟤가 A⁺를 받는 이상, 나는 아무리 행복해도 B였다. 쟤가 C를 받으면 객관적으로 불행해도 나는 A같은 기분이 들었다. 아니다. 상대평가는 그나마 나았다. 절대평가를 하면 쟤는 늘 A인데 나는 항상 C였다. 우리는 잔디밭에 앉아 지나가는 커플들을 보고 담배나 피웠다. 우리는 잘하면 C⁺, 보통은 C였다. 이 정도로는 행복장학금과도 인연이 없었다. 상대평가나 절대평가나 나에게 유리한 평가는 없었다.

"쟤, 가슴 진짜 크다."

"애냐?"

"가슴은 십대 취향. 스무 살이 넘으면 그때부터는 골반. 골반의 아름다움을 이해하는 건 쉽지 않거든. 곡선에 대한 이해가 필요하니까."

"웃기시네. 십대는 얼굴, 이십대는 가슴, 삼십대는 엉덩이, 몰라?"

"자고로 얼굴이 예뻐야지."

"애냐? 아직까지."

"사랑은 가슴이 시키는 거야."

"못 해본 녀석들이 가슴 찾지, 중요한 건 골반이라니까. 보는 눈 없는 불쌍한 놈들아."

"너도 못 해봤으면서."

"그래도 너보다는 내가 잘생겼거든?"

부질없다 이놈들아. 아무려면 어때, 나는 다 좋아…… 얼굴도 가슴도 골반도…….

목소리가 제일 컸던 건 신재호였다. 재호는 우리에게 골반의 중요성을 설파했다. 그놈의 설교는 교회 목사님의 어떤 말씀보다도 은혜로웠다. 골반교로 개종할까. 신재호는 구재호의 홍익인간 이념을 충실히 계승하면서도, 여자로 착각할 만큼 잘생겼고, 여자의 마음을 정확하게 짚어냈으며, 돈도 잘 썼다. 나는 재호가 우리와 함께 다니는 이유를 알 수 없었다. 우리와 놀아줄 시간이 있는 게 이해가 가지 않았다.

"가슴이 여성 그 자체로 보인다면 속고 있는 거야. 진화론적으로 생각해봐. 원래 사람은 다른 동물들처럼 뒤로 했어. 뒤로 하면 가슴이 보여? 엉덩이만 보이지. 이족보행을 하면서부터는 앞으로도 할 수 있게 된 거야. 그런데 앞으로 하니까 엉덩이가 안 보이잖아? 대신 가슴이 발달한 거지. 가슴은 엉덩이의 상징물이니까. 중요한 건 숨겨져 있어. 그런데 아기를 낳을 때 중요한 건 또 엉덩이거든. 왜 큰 골반에서 매력을 느끼겠어? 잘 봐. 진정한 아름다움은 엉덩이에 있어. 이건 유전자에 새겨진 거야."

신재호의 강연을 듣고 나자 세상이 달라 보였다. 아는 만큼 더 보였다. 창의력과 상상력은 가만히 앉아서 죽자고 공상만 한다고 생기지 않았다. 하나를 알게 되면 하나가 더 보였다. 야동에도 비평가가 필요했다. 재호는 훌륭한, 감각적인, 타고난 야동 비평가였다.

물론 더 많이 알게 된다고 해서 기회가 생기지는 않았다.

재호만 빼고.

*

"나, 좀 작은 것 같지 않아?"

펭귄이 심각하게 물었다. 그만하면 정상이지, 한 번도 다른 펭귄들보다 작다고 느낀 적은 없었다.

"그럼, 비교는 해본 거네? 속으로는 작다고 생각했구나?"

비교라니, 오해가 있는 것 같은데, 그런 뜻이 아니었는데. 어차피 운동으로 펭귄을 키울 수는 없었다. 펭귄의 크기는 타고나는 것일 뿐, 노력한다고 될 게 아니었다. 쓰는 만큼 커진다면 펭귄은 이미 고등학생 때 팔뚝만 해야 옳았다. 라마르크의 용불용설用不用說은 확실하게 틀렸다. 펭귄을 키울 수 있는 운동이 있다면 펭귄 크기 대회가 벌써 올림픽 정식 종목으로 채택되었겠지.

"어차피 안 되니까 그냥 살라는 거야? 지금 그 말이잖아. 아니긴 뭐가 아니야, 그 말 맞는데."

리포트 쓰느라 바빠서 펭귄의 말에 건성건성 대답했다. 당장 십 분 뒤에 제출해야 했다. "교수님, 분량이 짧아서 죄송합니다. 한 번만 살려주시면 기말고사 때는 열심히……" 커질 수 없으니 포기하고 사는 것도 억울하지만, 대체 무슨 수로 펭귄을 키운단 말인가.

"지금 무시하는 거야? 키보드 왜 세게 쳐? 귀찮다 이거지?"

극단적인 수술이 아니라면 주어진 펭귄대로 사는 수밖에 없었다. 펭귄이 크면 좋지, 작아서 좋을 게 뭐가 있겠는가. 펭귄에게는 사실대로 말하지 못했지만 야동을 보면 볼수록 내 펭귄은 아담한 축인 것 같았다. 서양 야동을 보면, 특히 흑인들의 펭귄은, 종 자체가 달랐다. 흑인의 황제펭귄에 비하면 내 펭귄은 남극 어디서나 흔히 아장아장 걸어가는 아담한 펭귄이었다.

일본 야동을 선호했던 것도 펭귄 때문이었다. 일본 야동은 그래도 소박하고, 절제가 있고, 동양적이었다. 일본 야동을 보면 자괴감이 적게 들었다. 흉측한 놈들이지만 이 정도면, 무난한걸. 가끔은 친일파라도 된 것 같았지만 야동에 국적이 무슨 소용인가. 위로를 받아야지. 크기, 박력, 시간…… 작은 것의 소중함을 알았고 부족한 박력은 사랑과 부드러움으로 채울 수 있다는 것도 배웠다. 짧은 것은, 여러 번 더, 어떻게든 열심히 하면 되지 않을까.

혹시라도 펭귄이 야동을 보면서 상처받지 않기를 바랐다. 휴지심에 대본다거나, 콘돔을 끼워보며 얼마나 많이 남는지 확인해본다거나, 공중 화장실에서 슬쩍 다른 남자의 펭귄을 염탐한다거나, 펭귄을 몰래 측정해본 적이야 많았지만, 최대한 펭귄이 눈치채지 못하게 은근슬쩍이었다. 상대방도 눈치채면 곤란하고. 눈치 빠르고 예민한 펭귄인지라 자칫 내가 자신을 신경쓰고 있다는 것을 눈치챌지도 몰랐다. 펭귄의 크기는 신경이 쓰이지 않을 수 없는 것이지만, 정확하게 알아볼 방법도 없었다. 평균과 통계의 함정을 다 피할 수도 없으니 통계는 의미가 없었다. 평소의 펭귄과 커진 펭귄의 편차도 사람마다 다르기 때문에, 훔쳐보거나 고민한다고 해결되지 않았다.

펭귄의 크기만큼 평균의 개념이 무의미한 것도 있을까. 전 세계에서 한국 펭귄이 가장 작다는 둥, 그래도 아시아에서는 중간 이상은 간다는 둥, 바셀린을 넣으면 효과를 볼 수 있다는 둥, 그랬다가 펭귄이 정말 좆되는 경우를 봤다는 둥, 일어났을 때 크기가 중요하지 죽어 있을 때 크기는 상관없다는 둥, 길이보다는 굵기가 훨씬 중요하다는 둥…… 일일이 찾아가서 일으키고 직접 대보지 않는다면야, 어찌 알겠는가.

"나, 병원에 가봐야 하는 건 아닐까?"

*

어깨가 덜덜 떨렸다. 주변은 얼음투성이였다. 투명한 얼음 바닥 아래에는 시커먼 바닷물이 흐르고 있었다. 얼음 바닥과 바닷물 사이의 거리가 까마득했는데 금방이라도 깨질 것 같았다.

"저 새끼 잡아!"

멀리서 펭귄들이 동태를 들고 우르르 뛰어오고 있었다. 미끈한 펭귄, 짜리몽땅한 펭귄, 키만 큰 펭귄, 펭귄이 맞나 싶은 펭귄, 반쯤 날아오는 펭귄, 미끄러지면서 굴러오는 펭귄……

일단 무작정 달렸다. 달리면서 발 아래를 보니 시커먼 바닷물의 정체는 바글바글한 펭귄들이었다. 얼음이 깨지면 바닷물에 얼어죽기 전에 펭귄들 밥이 되겠구나.

갑자기 눈앞에 등대가 솟아올랐다. 등대 계단을 뛰어 올라가는데, 밑에서 펭귄들이 계단을 착착 부수고 있었다. 솟아올랐던 등대는 금방 몽당연필처럼 작아졌다. 등대에서 뛰어나와 무작정 달렸다. 이번에는 막다른 얼음 절벽이 나타났다. 왜 얼음 절벽이 나타날 줄 미리 알고 있었는지 모르겠다. 얼음 절벽을 보고도 당황하지는 않았다. 절벽 아래에도 펭귄들이 바글바글했다. 바글거리는 펭귄들은 저마다 윙알윙알 소리를 내며 일사분란하게 얼음에 동태를 갈고 있었다. 비린내가 절벽 위까지 풍겼다.

틀렸다. 유난히 몸집이 큰 황제펭귄 한 마리가 앞으로 와 허리춤에서 칼을 뽑았다. 칼집에서는 기다란 제주산 갈치가 뽑혀 나왔다. 제주도에는 딱 한 번 가봤을 뿐이지만 본능적으로 갈치의 고향을 알아봤다. 허공에 빛을 뿌려대는 은빛 갈치를 들고 황제펭귄이 웅장한 음성으로 말했다. 어명이 얼음 절벽에 부딪히면서 울려댔다.

절벽 밑에서는 펭귄들이 동태를 위로 쳐들고 있었다. 반항도 한 번 제대로 못 해보고 순순히 잡혔다. 펭귄들이 미역줄기로 내 몸을 묶고 입에는 젖은 다시마를 물렸다. 입안이 끈끈하고, 미끌거리고, 비렸다.

"펭귄을 소홀히 한 죄, 거세형에 처한다."

황제펭귄의 판결에 펭귄들이 환호했다. 황제펭귄이 손짓하
자 복면을 쓴 신하펭귄이 내 바지를 내렸다. 신하펭귄의 눈빛
이 어딘가 낯이 익었다. 신하펭귄은 품에서 꽁꽁 언 꽁치를
양 날개에 하나씩 꺼내들었다. 신하펭귄이 꽁치를 들고 칼춤
을 추는 동안 허리 아래가 싸늘해져갔다. 춤이 끝난 신하펭귄
이 황제펭귄에게 머리를 조아렸다. 황제펭귄이 갈치를 힘껏 위
로 쳐들었다. 태양빛에 갈치의 비늘이 번쩍였다. 갈치 비늘이
떨어져 내 눈을 가렸다. 은빛 어둠 사이로 스페이드 8과 수진
이의 얼굴이 겹쳐 보였다.

*

꿈에서 깨자마자 발가락으로 컴퓨터부터 켰다. 우우웅 컴
퓨터가 켜지는 소리를 들으며 심장을 가라앉혔다. 슬그머니
팬티를 당겨보니 펭귄은 침을 흘린 채 쌔근쌔근 잠만 잘 자고
있었다. 팬티에서 밤꽃 냄새가 났다.

수진이가 보고 싶었다.

*

　과거와 마주치는 일은 힘겹다. 과거는 그대로 묻혀 있어야 옳다. 과거는 현재를 갉아먹는다. 어쩌다 박물관에 가듯 가끔 꺼내보며 감동에 젖는 정도면 충분하다. 그런데 어찌할 수 없을 때가 있다. 궁금하다. 한 번 생각나면 자꾸 생각난다. 과거를 그대로 두는 편이 낫다는 것을 알면서도.

　우리는 반드시 누군가를 찾아야만 한다. 그냥, 보고 싶고, 다하지 못한 말이 남았고, 어떻게 사는지 알고 싶고. 우리는 누군가를 반드시 찾을 수밖에 없다.

　스페이드 8의 얼굴이 기억나지 않았다. 기모노를 입고 있었고 예쁜 얼굴이었는데, 어떻게 예쁘냐면…… 수진이의 얼굴은 기억날 듯 말 듯했다. 우연히 수진이를 본다면 알아볼 수 있을까.

　수진이를 쉽게 찾았다. 누군가가 누군가를 찾을 수 있도록 만든 사이트들이 많았다. 사람들은 누군가를 찾기 위해서, 누군가가 자신을 찾을 수 있게 하기 위해서 여러 사이트에 가입해두고 있었다. 다시 만나보고 실망할 걸 알면서도 궁금해서, 혹시나 싶어서, 회원탈퇴와 회원가입을 반복했다. 하나하나 가입하면서 수진이를 찾는 일은 도굴을 하는 것 같았다. 이 무덤은 텅 비었어. 이 무덤은 흔적밖에 없는걸.

"혹시, 기억해? 교회에서…… 잘 지내는지 모르겠다. 옛날이야기하려니까 많이 어색하네. 인터넷이 좋긴 좋다, 그치? 여기 오니까 너도 찾을 수 있구…… 아직까지 황사도 있고 꽃샘추위도 있다는데, 감기 조심하구, 내 연락처는……."

기억이 현실이 되었다. 누군지 알 것 같다는 답장이 왔다. 수진이는 혹시 교회에서 찍었던 사진이 있으면 만날 때 갖고 나와달라고 했다. 한 장이라도 좋다고, 보고 싶다고 했다. 어느 책에 넣어뒀더라. 혹시 책까지 버렸을까. 한권 한권 책을 펴보는 내내 가슴이 뛰었다.

*

펭귄이 모처럼 바빠졌다. 펭귄은 꼼꼼히 씻고 향수를 뿌리며 부산을 떨었다. 펭귄은 털 한 올에도 신경을 썼다. 색이 바랜 것 같다느니, 관리를 너무 안 했더니 끝이 거칠고 갈라져서 영양을 주어야겠다느니, 이 기회에 찰랑찰랑하게 스트레이트로 펴는 것은 어떻겠냐고 파마약을 찾았다. 매일 샴푸로 감고 린스까지 발랐다. 린스로 범벅된 달아오른 펭귄의 얼굴에는, 크기로 고민하던 모습은 싹 사라지고 없었다. 미끄러운 펭귄을 만지며 나도 얼굴이 붉어졌다.

펭귄을 슬쩍 툭 쳤다. 펭귄은 맞거나 말거나 흥에 겨워 춤을 쳤다. 펭귄은 어떻게 하면 번개 모양의 흉터가 야성적으로 보일 수 있을지 고민했다. 어떤 콘돔이 좋겠냐고 진지하게 찾아보기도 했다. 얇은 게 좋긴 하지만 빨리 쌀 수도 있어요. 첫 경험이라면 사정을 지연시켜주는 콘돔이 좋아요. 아니죠, 첫 경험 때 지루인 경우도 있어요. 딸기맛 콘돔은 어때요? 딸기맛, 전 인조향이라서 거부감 들던데. 처음이면 무난해야죠. 그렇다고 지하철이나 모텔에 있는 싸구려 콘돔은 쓰지 말고. 지갑에 콘돔까지 준비해가면 속이 너무 보이지 않나요? 맞아요. 피임은 당연하지만 자연스러워야지 잘 생각이 빤히 보이는 것도 별로예요.

말려야 할 것 같은데. 냅두자. 말린다고 들을 펭귄도 아니다.

천안행 기차를 탔다. 천안에는 한 번도 가본 적이 없었다. 수학여행 때 항상 가던 독립기념관이 천안에 있었지만, 그게 천안에 있다는 것도 몰랐다. 천안은 다만 호두과자였고, 호두과자는 다만 천안이었다. 천안에 내리자마자 호두과자를 한 봉지 샀다. 너무 일찍 도착했다. 호두과자 안에 있는 호두조각을 거의 다 셀 무렵 수진이가 한 시간 정도 늦겠다는 연락을 해왔다.

기차를 타고 오는 시간 내내 수진이를 떠올렸지만, 막상 수진이를 봤을 때는 바로 알아보지 못했다. 수진이도 나를 알아보지 못했다. 우리는 마치 서로 처음 보는 사람 같았다.

알아보거나 말거나, 호두과자의 세계에 뚝 떨어진 기분이었다. 푹신푹신하고, 물고 나면 달콤하고, 깨물면 팥앙금 사이로 수줍게 호두과자가 웃었다가, 입안 가득 호두과자를 부드럽게 굴리고, 꿀꺽 삼키고 나면 끝나는…… 수진이의 웃음이 그랬다. 호두과자면 어때. 수진이가 웃고 있는데. 눈앞에서.

"아, 안녕하세요?"

카페에 가면서 나는 안녕하세요를 백 번쯤 후회했다.

카페라기보다 다방에 가까웠다. 우리는 2층 창가 자리에 앉았다. 요란하리만큼 번쩍이는 금색 의자와 노란색 분홍색 쿠션들이 소파에 쌓여 있었다. 커피는 블루마운틴이라는 말이 떠올랐다. 다행히 메뉴판에 블루마운틴이 있었다.

"커피는 블루마운틴이지."

"그래? 난 커피는 잘 모르겠어. 여기, 전 핫초코 주세요."

주문을 하고 나자 할 말이 없었다. 다행히 커피부터 먼저 나왔다. 잔을 들어 향을 살짝 즐기는 척했다. 바로 벌컥벌컥 마시지 말고, 천천히. 인터넷에서 찾은 대로만 하면 크게 실수할 일은 없어. 나는 한 모금 마시고 고개를 끄덕였다.

"역시 블루마운틴은 향이 좋아."

수진이가 아무 말 없이 웃었다. 할 말이 없어서 또 한 모금, 그래도 할 말이 생각나지 않아서 또 한 모금 마셨다. 금방 반이나 사라졌다.

"손님, 음료 늦게 나와서 죄송합니다. 여기 블루마운틴입니다."

어쩐지 커피 치고는 달더라. 그냥 쌍화차를 시킬걸. 쌍화차는 보면 쌍화차처럼 생겼을 텐데.

"커피 향은 다 비슷하잖아. 내가 커피 마실게."

수진이는 마음도 예뻤다. 길거리에 우리 또래의 대학생들이 걸어다녔다. 연락은 주고받았지만 수진이에 대해서 아는 게 없었다. 왜 천안에 있는지, 전공은 설치미술이라는데, 뭐지, 미술이라니까 미술이겠지만, 내 전공도 모르는데 남의 전공을 어찌 알겠어, 어쨌든 만나보고 싶었으니까, 어, 수진이의 가슴이 저렇게 컸나?

삼십 분쯤 지나서야 수진이 옆을 보다가, 간신히 정면을 보다가, 눈을 마주치고도 이야기할 수 있게 되었다.

떠듬떠듬 몇 가지 기억들을 서로 끼워 맞췄다. 고작 몇 년 전 기억이 서로 미끄러졌다. 아귀가 제대로 맞는 조각들이 얼마 없었다. 내가 기억하는 것들을 수진이는 알지 못했고, 수진이가 하는 말들은 모두 처음 듣는 이야기였다. 기억이 안 나는 것인지, 아니면 처음부터 몰랐던 것인지. 내가 과연 얼마나 수진이를 알고 있었는지 모르겠다.

지나간 이야기를 했다가 현재 이야기를 했다가 다시 지나간 이야기를 펼쳤다가 잠시 말없이 둘 다 창밖을 내다보기를 여덟 번 반복했을 때, 거리의 사람들이 어수선하게 뛰기 시작했다. 비가 왔다.

우리는 한참 비만 바라봤다. 빗소리는 듣기 좋았다.

"어디 가서 술 한잔 할래?"

7

꿈은 이루어진다

수에는 의미가 없지만 이따금 의미를 갖고 있는 수가 있다. 수의 입장에서는 달갑지 않겠지만, 의미가 묶여 있는 수를 역사라고 부른다.

월드컵을 하기 전, 2002는 그저 어느 분이 오신 후 지구 공전 횟수에 불과했다. 1988년이 서울올림픽에 묶여있듯, 2002년은 월드컵으로 남았다. 나에게도 2002년은 잊을 수 없는 해가 되었다. 새 천년의 시작은 2000년이 아니라 2002년부터였다.

2002년에 처음으로 여자와 모텔에 갔다.

꿈은 이루어진다.

*

2002년 4월까지만 해도 월드컵은 그냥 월드컵이었다. 어쩌면 16강도 노려볼 만하고, 개최국인데 16강도 못 가고 떨어지면 무슨 재미가 있겠냐고, 바로 전 프랑스월드컵 때 1승도 못 했는데 개최국이라고 뭐가 다르겠냐고, 그래도 개최국이 16강 진출 못 한 사례가 없는데 설마 떨어지겠냐고, 첫 사례가 우리나라가 될 거라고, 이왕 16강에 못 갈 거라면 공동개최국 일본도 같이 떨어지면 좋겠다고, 말 나온 김에 월드컵 아이스크림이나 사 먹자고, 딱 그런 정도였다. 월드컵은 오랜 숙원의 결과라기보다 갑자기 훌쩍 다가온 사건에 가까웠다. 축구 중계는 사 년에 한 번씩 월드컵 때나 보는 사람들이 대부분이었다. 친구들끼리 모여서 축구 중계나 볼 줄 알았는데.

모두 미쳤다.

한국이 이긴 날에는 버스 위에 올라가서 뛰어도 오 필승 코리아였다. 술 취해 횡단보도를 기어다녀도 오 필승 코리아, 만나면 반갑다고 오 필승 코리아, 헤어지면 아쉽다고 오 필승 코리아, 어디서나 오 필승 코리아 하나면 마음이 통했다. 모르는 사람과 어깨동무를 하고 응원을 했다. 모르는 사람 어깨 위에 손을 올릴 때는 잠깐 민망했지만, 곧 뜨거운 체온이 느껴졌다. 옆 사람이 여자가 아니라도 좋았다. 친구끼리 마지막으로 어깨동무를 해본 기억도 까마득한데 처음 보는 사람과 체온을 나누었다. 4강의 기적보다 처음 만난 사람과 어깨동무를 하는 게 더 신기했다. 남녀노소 어깨동무를 하고 오 필승 코리아를 외치며 승리를 기원했다. 체온과 열정을 같이 나눴다.

한일 공동개최가 아니라 남북 공동개최였다면 통일이 되지 않았을까. 축구는 그깟 공놀이가 아니었다. 사람들이 모일 수 있는 모든 곳에는 붉은악마들이 살았다. 거리에서 빨간 옷 말고는 다른 색깔의 옷은 볼 수도 없었다. 히딩크와 세종대왕과 이순신 중 누가 더 위대하냐는 질문에 사람들은 쉽게 답하기를 망설였다. 광화문에 히딩크의 세리머니 동상을 세우자는 말도 나왔다. 추대 차례를 기다리던 광개토대왕이나 장영실은 무덤에 돌아가서 쉬어야 했다. 헌법을 뜯어고쳐서라도 최초의 외국인 대통령을 만들 기세였다. 사람들은 히딩크처럼 사고하고 히딩크처럼 행동하려고 노력했다. 히딩크, 히딩크스럽다, 히딩크하다는 칭찬이었다. 히딩크는 명사였고, 형용사였으며, 동사였다.

땀, 맥주, 핫팬츠. 그리고 축구의 신이 짜맞춘 듯한 여름. 2002년 월드컵 슬로건은 '새 천년, 새 만남, 새 출발'이었다. 모든 것이 새로운, 세기의 여름이었다.

*

신재호는 폴란드전에 혼자 거리 응원을 나갔다. 번거롭게 거리에서 응원이라니. 재호의 설득에도 불구하고 우리는 자취 방에서 치킨을 먹으며 환호하고 있었다. 축구 중계는 방에서 맥주를 마시며 보는 거라고 알고 있었다.

자취방에 뛰어들어오는 재호에게 닭다리를 하나 내밀었다. 재호는 닭다리를 입에 물고 황선홍의 황새 세리머니, 헤드퍼스 트 슬라이딩을 했다가 벌떡 일어나 허리를 앞뒤로 튕겨댔다.

"갔노라, 꼬셨노라, 했노라!"

재호는 청바지 주머니에서 여자 팬티를 꺼내 흔들었다. 부 드러워 보이는, 속이 비치는 얇고 붉은 팬티였다. 붉은악마들 은 팬티까지도 새빨간 색으로 입는다는 소문은 진짜였다. 빨 간색 옷만 입어도 빨갱이냐는 소리를 듣던 나라가 맞나 싶었 다. 대한민국이 아니라 조선민주주의인민공화국에 사는 것 같 았다. 하긴, 월드컵 기간에는 간첩도 한국을 응원했다. 모두 거룩한 붉은악마의 일원이었다.

"이거? 하사품이지. 하기만 잘하면 이런 선물도 받을 수 있 단다."

하늘거리는 얇고 부드러운 팬티에서, 붉은 팬티에서, 가늘 고 고불고불한 음모 하나가 천천히 바닥으로 하강하는 자태를 지켜봤다. 한여름에 내리는 눈송이 같았다. 털이 바닥에 사뿐히 내려앉는 소리가 들렸다. 한 녀석이 도저히 못 참겠다며 팬티를 빼앗아 화장실로 뛰어들어갔다. 재호는 녀석을 위해 잠깐 성호를 긋고 붉은악마 응원가를 크게 틀어놓았다. 대한민국을 외치는 소리가 좁은 자취방에 울려 퍼졌다.

축구 한 번 이겼을 뿐인데 여자와 잘 수 있다니. 우리는 뼈만 남은 치킨을 보며 원통해했다. 광장에 나가지 않은 사람들은 굴러 들어온 복을 스스로 찬 것이었다. 가자고 할 때 따라나갈걸.

"그러니까, 시청 앞에 사람들이 정말 많은데, 절반이 여자야! 골이 들어가니까 같이 응원하던 여자가 내 목을 끌어안더라. 그러니까, 나도 같이 끌어안았지. 다들 어깨 걸고 대한민국 외치고, 스크린에서는 골 장면들이 반복해서 나오고, 그러니까, 역사의 순간을 함께했는데 경기 끝났으니까 안녕히 가세요라고 할 사람이 누가 있겠어?"

월드컵 개최에는 경제적인 이유를 빼고도 정치적인 음모가 숨어 있었다. 출산율을 해결하기 위한 음모. 국가는 야동을 규제하는 대신 월드컵을 통해 인구 증가를 꾀했다. 월드컵 기간 동안 모텔에는 빈방이 없었다. 사람들은 모텔 입구에서 줄지어 차례를 기다리면서도 오 필승 코리아를 외치고 짝짝짝 짝짝 박수를 쳤다.

"삑, 삑! 나는 여전히 배고프다!"

나중에 16강 진출이 확정되었을 때, 히딩크는 펭귄이 했던 말을 토씨 하나 틀리지 않고 따라했다. 히딩크도 펭귄 한 마리는 바지 속에 키우고 있었을 테니까.

펭귄은 열두 번째 태극전사가 되겠다고 울부짖었다. 펭귄은 엿새 후 미국전이 있는 날만 기다렸다. 야구가 아닌 공놀이는 천박하다던 친구마저 붉은악마의 탈을 썼다. 야구가 재미있니 축구가 훨씬 재미있니 싸울 필요가 없었다. 우리는 빨간 티셔츠를 사고 빨간 양말도 샀다. 빨간 손수건을 사고 가발을 썼다. 꽹과리도 하나 구해서 빨간색 페인트를 칠했다. 빨간색이라면 다 옳았다. 미국전을 기대하느라 잠을 설쳤더니 눈까지 빨개졌다.

"빨간 팬티를 보면 좋아하겠지?"

"당연하지! 우리는 야성적인 붉은악마니까."

다섯 장에 만 원짜리 빨간 팬티를 사서 한 장씩 나눠 입었다. 악마들이여, 우리의 팬티를 흠뻑 적시세. 승리의 표시로 자취방에 모일 때는 팬티를 벗어던지고 오세. 꿈이 이루어지고 나면 팬티 따위는 거추장스러울 뿐. 우리는 파이팅을 외치고 길거리로 나갔다. 길거리에서 이천 원짜리 야광 뿔까지 사서 썼다.

서로가 서로를 환영했다. 사람들은 북을 치고 나팔을 불면서 대한민국을 외쳤다. 시청 앞에는 예전보다 더 많은 관중들이 몰려들었다. 싸구려 팬티 때문에 걸을 때마다 사타구니 주변이 살짝 쓰렸지만, 이러다가 사타구니까지 빨갛게 변할까봐 걱정이 되긴 했지만, 서너 시간만 있으면 벗을 거니까 참을 만했다.

한국이 골을 넣으면 옆에 있는 사람과 안았다. 과장스럽게, 갑자기 열광하며 껴안았는데, 동성끼리 안는 법은, 남자들 사이에서는 드물었다. 암묵적인 약속이 있었다. 안더라도 금방 서로 이성을 되찾았다. 응원 전에 미리 자리를 잘 잡는 게 중요했다. 열광적으로 껴안는 것 같지만 사전에 까다롭게 자리를 골랐다. 축구도 응원도, 승패는 포지션에 달려 있었다. 중요한, 빈 공간을 잘 파고들어야 골을 넣을 수 있었다.

시청에 모인 사람들은 종로를 지나, 청계천을 지나, 해산할 때까지 소리를 질렀다. 광화문에 모인 사람들은 골이 들어갈 때마다 얼싸안으며 웃었다. 골만 넣으면 가슴이 닿건 엉덩이가 부딪히건 모든 게 용서되었다.

"지성이형 제 친구의 친구랑 같은 고등학교 나왔어요."

"어, 영표형 좋아하세요? 영표형, 진짜 멋졌죠. 어렸을 땐 같이 축구도 자주 했는데, 형은 그때부터 축구 진짜 잘했어요. 이따 끝나고 맥주 한잔 하실래요?"

여자들은 까르륵 웃었고, 우리도 웃었다.

그런데 미국전을 비겼다. 연승은 쉽게 찾아오지 않았다. 비겼기 때문인지 좋은 일은 일어나지 않았다. 지성이형 이야기를 꺼낸 게 실수였을지도 모르겠다. 확실히 승기를 잡았다고 생각했는데. 분위기가 좋았던 것 같은데, 여자들은 단호하게 웃으며 그만 들어가보겠다고 했다. 뭐든 첫 번째는 잘되기 힘든가 보다. 시무룩해진 펭귄을 달래며 자취방으로 돌아갔다. 괜찮아, 곧 두 번째가 올 거야. 그래도 축구라도 지진 않았으니까 좋은 날이잖아. 조금만 기다려.

*

거봐, 내 말이 맞잖아.

포르투갈을 이겼다. 경기 종료와 함께 붉은악마의 시간이 왔다. 배꼽이 아름다운 여자와 승리의 기쁨을 나누고, 태극전사들의 위대함에 서로가 동의했고, 내친김에 도로를 횡진하며 고함을 질러대다가, 하필이면 도로 왼쪽에 네온사인 번쩍이는 모텔이 보였고, 우리는 태극전사처럼 침대를 누비기로 약속했고, 술과 응원에 취한 정신에도 편의점에 들러 맥주 두 캔과 콘돔을 샀고, 여자는 내가 아무렇게나 집은 콘돔을 밀어내고 다른 예뻐 보이는 것을 골라 집어들었으니, 흠 잡을 데 없이 완벽했다. 심지어 모텔마저 신기하게도 빈방이 있었다. 골키퍼도 없는 골문이나 마찬가지, 그대로 톡 차 넣기만 하면 득점이었다.

진하게 키스하면서 모텔 방문을 열고 들어갔다. 어두워서 자칫 문턱에 발이 걸려 넘어질 뻔했다. 허둥지둥 카드키를 간신히 제자리에 꽂자마자, 여자가 침대에 날 밀어뜨리고 위에 올라앉았다. 여자는 내 얼굴을 잠깐 바라봤다가 바로 고개를 숙였다. 입과 입의 부드러운 대화를 한참 하고, 아, 달콤한 짠맛이라니, 이것이 바로 진리의 맛…….

"나, 잠깐 샤워 좀."

샤워라니. 이번에는 내 차례였다. 나는 먼저 티셔츠를 벗고, 박력 있게 여자의 티셔츠도 벗겼다. 티셔츠가 여자 머리에 걸려서 찢어질 뻔했다. 티셔츠가 머리에 걸려 있건 말건, 가슴이 눈앞에 있었고, 처음으로 여자 가슴 위에 살짝 손을 얹었다. 여자의 부드러운 심장 소리가 손바닥으로 전해졌다. 가슴을, 드디어 가슴을, 신이시여, 가슴에 손이 닿았으니 죽어도 여한이 없나이다. 간신히 터지려는 울음을 참았다. 급하게 바지를 벗으려는 찰나였는데, 팬티, 팬티가…….

맥주를 너무 마셔서 땀을 많이 흘렸나? 왜 팬티가 축축하지? 끈적하기도 하고. 분명히 펭귄은 아직 일어나지도 않았는데. 일종의 몽유병인가?

"미안. 내가 땀이 많아서. 먼저 샤워할래?"

여자는 잠깐 망설이다가 화장실로 들어갔다. 시간을 벌었다. 괜찮아. 그럴 수도 있지 뭐. 지금부터 시작이야. 한 번 쌌으니까 처음에 너무 빨리 끝날 일은 없겠지. 연속 두 번쯤이야 아무것도 아니지. 하루에 아홉 번을 한 기록도 있으니까. 왜 딴청 부려. 어서 일어나. 하나 둘, 하나 둘. 술은 많이 먹지 말걸. 하나 둘, 하나 둘. 자, 어깨 쭉 펴고. 오 필승 펭귄!

*

펭귄은 침묵했다.

방도가 없었다. 펭귄은 아무리 불러도 묵묵부답이었다. 개막전에서 프랑스가 세네갈에게 졌던 것보다 충격이었다. 슛만 무수하게 날리면 뭐하나. 골이 안 들어가는데. 수많은 연습들이 쓸모없었다.

여자는 펭귄을 위해 이십 분이나 애써줬다. 손으로 펭귄을 부드럽게 주무르며 달래줬다. 소리를 지를 뻔한 좋은 촉감이었지만 펭귄은 반응하지 않았다. 여자는 아무 말도 하지 않고 맥주 두 캔을 두 모금에 다 마셨다. 여자가 맥주 캔을 확 구길 때는 나도 모르게 이불을 뒤집어썼다. 여자가 옷 입는 소리가 들리고, 나가는 소리가 들리고, 방문이 닫히고 나서야 나는 이불을 걷고 고개를 내밀었다.

모텔방에서도 길거리의 "대-한민국!" 소리는 확실하게 들렸다. 새벽이 와도 사람들은 여전히 거리를 메우고 있었다. 16강 진출은 확실했다. 꿈이 아니었다. 그런데 꿈을 꾸는 것 같았다. 길거리에서 한국이 포르투갈을 따먹었다는 고함이 들렸다. 따지자면 포르투갈인이 우리가 흔히 떠올리는 백인은 아니지만, 머리카락이 검고, 눈은 짙은 갈색이고, 피부도 갈색인데, 우리가 유럽의 침대를 정복한 줄 알았는데. 왜?

"나도 몰라."

펭귄이 중얼거렸다. 대실 시간은 사십 분 정도 남아 있었다. 한국 경기가 있는 날 모텔은 새벽까지 대실 손님만 받았다. 텔레비전을 켜서 성인 채널을 틀었다. 성인 채널을 보니까 더 울적해졌다. 차라리 축구 경기를 다시 보며 악수를 하는 쪽이 더 나을 것 같았다. 사십 분 동안 골 넣는 장면만 반복해서 봤다.

월드컵 기간 동안 모텔은 비쌌다. 악수를 하면서 울었다. 돈이 아까워서 울었다. 펭귄도 나름대로 애를 썼지만 악수도 제대로 끝마치지 못하고 도중에 털썩 쓰러졌다. 여전히 화는 나고, 울고 싶고, 패배감도 밀려오고, 펭귄에게 괜찮아, 다음에 잘하면 되잖아, 라고 위로해줘야 마땅하겠지만 내 속부터 엉망이었다. 16강 진출은 했지만 이탈리아한테는 질 게 뻔한데!

모르겠다니. 펭귄이 모르면 누가 알겠나. 프랑스월드컵 때 국가대표팀을 보는 기분이었다. 축구의 신이 나를 보며 숨넘어갈 듯 웃고 있었다. 인마, 공은 둥글고, 축구는 그렇게 호락호락하지 않아. 니가 직접 뛰어보니까 알겠지?

자취방에 돌아오니 재호를 빼고 다른 녀석들은 이미 울면서 술을 마시고 있었다.

"설마?"

다들 고개를 끄덕이고 바지 한쪽을 살짝 내렸다. 다들 아까 입은 빨간 팬티를 그대로 입고 있었다. 땀 냄새만 지독하게 났다. 어딘가 상한 것 같은 냄새였다. 왼쪽 뺨에 손자국이 남아 있는 녀석이 소주를 종이컵에 가득 부어서 건네줬다. 텔레비전에서는 계속 골 넣는 장면이 반복해서 나왔다. 모텔에서 지겹게 본 장면이었다. 오직 재호만 돌아오지 않았다. 만약 아들을 낳는다면, 꼭 이름을 재호로 지어줘야지. 아빠, 왜 내 이름은 재호야? 모든 아버지들이 하는 말, 내 아들아, 너는 아빠와는 다른 인생을 살아라. 모든 아들들의 대답도 같았다. 아버지, 난 아버지처럼은 살지 않을 거예요. 우리는 재호를 기다리며 밤새 술을 마시다 차례로 쓰러져 잠들었다. 재호는 다다음날까지 연락도 되지 않았다.

꿈에서 펭귄이 현란하게 드리블을 하며 골대로 달려가다가

헛발질을 했다.

*

포르투갈전은 처음이라서 그렇다고 치자. 16강 진출이라는 쾌거는, 그것도 포르투갈 격파는, 2승 1패로 16강 자력 진출이었고, 설마설마했는데 이뤄냈으니까, 펭귄도 많이 흥분했겠지. 기대와 별도로 마음의 준비도 필요한 법이니까. 관대한 마음을 먹으려고 애를 썼다. 화를 낸다고 될 일이 아니니까. 화를 내면 될 일도 안 될 테니까.

이탈리아전도 마찬가지였다.

이탈리아전도 이유는 있었다. 이탈리아전은 펭귄도 놀라서 그랬겠지. 후반 43분에 동점골을 넣고 연장전에서 역전까지 할 줄은 몰랐다. 경기가 끝났을 때는 제정신이 아니었다. 이탈리아전 때는 어떻게 모텔에 들어갔는지 기억도 나지 않는다. 정신을 차려보니 배 위에 처음 보는 여자가 앉아 있었고, 여자가 화를 내더니, 곧 뺨에 불이 번쩍거렸다.

"너 뭐야, 재수없어."

안 서면 뺨을 맞을 수도 있구나. 맞아도 할 말이 없었다.

처음에 안 서는 경우는 야설에서 읽었다. 그러나 두 번째도 이럴 줄이야. 전혀 기대를 안 했는데 갑작스러워서 그랬나? 응원하느라 체력을 많이 썼나? 맥주를 작작 마실 걸 그랬나? 포르투갈전 때 본 게임 치르기도 전에 해버렸으니까 조루일 수는 있어도 발기부전은 아닌데, 발기부전보다는 그래도 잠깐이라도 서기는 선 조루가 낫나? 이번에는 확실히 아예 안 선 게 맞긴 맞지? 대답 좀 해봐 펭귄! 고민을 하면 할수록 펭귄은 조용히 뒷걸음질로 사라졌다. 북극곰이 나타났는지 살펴봤지만 특유의 느리고 우울한 울음소리 역시 들리지 않았다. 빈방에서 고함을 쳐도 펭귄은 묵묵부답이었다. 고함에 맞춰 밖에서 "대─한민국!" 응원소리만 들렸다. 오직 응원소리와 경적소리만 울렸다.

*

8강전, 승부차기에서 스페인까지 이겼다. 무적함대를 침몰시키고도 펭귄은 일어서지 못했다. 서지 않는 펭귄을 만지작거리던 여자가 손을 놓고 일어섰을 때, 나는 반사적으로 손으로 얼굴을 가렸다. 여자는 짧은 한숨을 내지르듯 쉬고 천천히 옷을 입었다. 제발 빨리 옷을 입어주기를 바랐다. 지난번과 같은 모텔이었고 남은 시간도 딱 사십 분이었다. 승부차기 장면만 반복해서 보다가 모텔을 나왔다.

세 번이라니. 근본적인 문제가 있는 게 분명했다. "나, 병원에 가봐야 하는 건 아닐까?"라던 펭귄의 말이 생각났다. 갑자기 펭귄에게 미안해졌다. 분명히 펭귄은 신호를 보냈었다. 아픈 것 같다고.

*

태어나서 두 번째로 비뇨기과에 갔다.

지하철 출구 앞에 큰 현수막으로 "인생은 한 방"이라고 적혀 있었다. 자신감 해결이니 남자의 자존심이니 하는, 낯뜨거운 말이 아니라서 믿음이 갔다. "인생은 한 방"과 병원 이름이 전부였다. 아무렴. 인생은 한 방이지. 한 방 때문에 망하기도 하고.

전화를 걸어보니 지하철역 뒤, 이런 곳이 있을까 싶게 으슥한 곳에 있었다. 골목을 통과하면서도 좌우를 살펴야 마음이 놓였다. 비뇨기과는 6층 건물의 5층에 위치해 있었는데 올라가는 엘리베이터조차 작고 더러웠다. 병원이라기보다 장기밀매에 어울릴 만한 곳이었다. 어떤 여자와 같이 탔는데 두 사람만으로도 엘리베이터가 비좁았다. 어째서인지 죄지은 사람처럼 고개가 절로 푹 숙여졌다. 여자는 다행히 3층에서 내렸다. 4층은 당구장, 3층은 만화방이었다. 제발 5층까지 아무도 타지 않기를 빌었다.

5층 엘리베이터 옆에는 짜장면 그릇 두 개가 신문지도 없이 병원 문 앞에 널브러져 있었다. 두 잔 분량 정도 남은 소주병도 있었다. 역시 병원을 빙자한 장기밀매소가 아닐까. 수술받고 일어나면 펭귄이 사라지고 없는 건 아니겠지. 설마. 아무 쓸모도 없는 펭귄을. 아니지, 단순히 취미 삼아 관상용으로 수집하는 사람이…….

조용히 뒷걸음질쳐서 엘리베이터 버튼을 눌렀다. 그 사이에 엘리베이터는 1층에 가 있었다. 빨리 좀 와라, 빨리 좀 와. 엘리베이터는 1층에서 움직이지를 않았다. 엘리베이터 버튼을 초조하게 반복해서 누르고 있는데 병원 문이 열리면서 간호사복을 입은 아줌마가 나왔다. 계단으로 뛰어 내려갈까. 아줌마가 피식 웃으며 손짓했다. 아줌마 입술에는 짜장면 자국과 루즈 자국이 뒤섞여 있었다.

"뭐해? 좀 전에 전화했던 학생 맞지?"

세 평쯤 되는 대기실에는 펭귄확대수술과 관련된 사진들이 가득 붙어 있었다. 의사와 환자가 환하게 웃으며 엄지손가락을 치켜들고 있는 사진도 있었다. 의사의 표정은 한결 같았고 환자들은 어색한 자신감을 내보이고 있었다. 병원 대기실 사방이 사진으로 도배되어 있었다. 작은 것은 비포였고 큰 것은 애프터였는데 아들과 아빠 같기도 했다. 사진을 붙일 자리가 모자랐는지 천장에도 온통 비포와 애프터 사진이었다. 갖가지 펭귄들이 하늘에서 나를 내려다보고 있는 것 같았다. 동서남북 위아래 모두 펭귄들이었다.

대기실에 아무도 없어서 마음이 편했다가, 아무도 없다는 사실을 깨닫자 불안해졌다. 엉거주춤하게 앉아서 눈치를 보는 사이에 아줌마가 들어가보라고 턱짓을 했다. 진료실이 까마득하게 멀어 보였다. 도살장이라고는 구경도 못 해봤지만 도살장에 끌려가는 기분이었다.

"한번 꺼내봐."

어디서 들어본 목소리였다. 어디서 들어봤지? 왜 홍보 사진하고 진료실에 있는 의사 얼굴이 전혀 다른 거지? 홍보 사진은 인자한 할아버지였는데, 진료실에는 비쩍 마르고 늙은, 만화책에서 봤던 것 같은 요괴가 앉아 있었다. 홍보 사진과 요괴의 공통점이라고는 대머리와 흰 가운밖에 없었다. 하나님 부처님 이순신 장군님, 제발. 마음속으로 주기도문을 외우려고 했으나 기억나지 않았다. 하늘에 계신 우리 아버지, 그 다음이 뭐더라?

검버섯이 가득한 할아버지가 빙그레 웃었다. 내가 얼어 있자 할아버지의 손이 펭귄에게 다가왔다. 펭귄도 놀랐는지 꼼짝하지 않았다. 할아버지가 바지 지퍼를 내리고 사각 팬티 속에 든 펭귄을 꺼낼 때까지 발끝도 움직일 수가 없었다.

"어디 보자…… 십 년 전에 깠던 고놈 같은데."

"네?"

"농담이야. 크기는 조금 작은 편이군, 그래."

할아버지는 펭귄을 가볍게 주물렀다. 말하는데 달달한 알코올 냄새가 훅 풍겼다. 평소 병원에서 나던 소독약 냄새와 비슷하면서도 묘하게 달랐다. 포르투갈전과 이탈리아전에 대해 재빠르게 털어놓았다. 어서 진찰이나 받고 도망치고 싶었다.

"한번 세워봐. 아, 잘 안 선다고 했지? 홍 간호사, 여기."

"혼자 할게요. 혼자 할 수 있어요."

혼신의 힘을 다해 펭귄을 불렀다. 펭귄! 대답해! 대답하라고 이 새끼야! 가슴, 가슴, 엉덩이, 짜장면, 가슴, 짜장면, 짜장면…… 자꾸 짜장면 그릇이 떠올라 집중력이 흐트러졌다. 할아버지가 펭귄을 주무를까봐 어떻게든 세우려고 했지만 펭귄은 주욱 늘어진 채 꼼짝도 하지 않았다.

할아버지가 비디오를 하나 틀었다. 화면에는 '젖소부인 바람났네'라는 제목이 크게 나왔다. 중학생 시절 그토록 보고 싶었던 전설의 명작을 드디어 보는구나. 할아버지와 진료실에서 나란히, 같이. 1995년의 아름다운 진도희. 아, 자연의 신비여. 사람의 숙명이여. 진도희의 신음소리에 기절해 있던 펭귄이 눈을 떴다. 젖소부인 시리즈의 위대함을 깨달았다. 진도희의 목소리에 펭귄은 천천히 반응했다. 젖소부인이 눈밭에서 뒹구는 장면에서 마침내 펭귄은 분연히 일어섰다. 우뚝 선 펭권의 눈에 눈물이 그렁그렁했다. 그렇게 보고 싶었던 젖소부인을 여기, 이 자리에서, 할아버지와 같이 보게 될 줄이야.

치욕이었다. 펭귄은 눈물을 글썽이다가 그만, 사정했다.

"프로스펄미아prospermia…… 거기에 임포텐스impotence…… 야한 거 너무 많이 보지 말고."

할아버지는 티슈를 한 장 뽑아주고 컴퓨터에 뭐라고 두들겼다. 프로스펄미아는 몰라도 임포텐스는 알았다. 수능시험에도 안 나오는 단어를 왜 외우고 있었는지 모르겠다.

"많이는 안 봐요. 저, 한 장 더 주세요. 아니 두 장이요."

돌아앉아서 티슈로 펭귄을 닦고 팬티 속에 욱여넣었다. 펭귄은 팬티에 들어가면서도 할아버지가 뭐라고 하는지 들으려고 귀를 쫑긋 세우고 있었다.

"남 좋은 것만 보다 보면 마음이 허해지거든. 비아그라 처방해주면 되지?"

"네."

"비보험이야. 이왕이면 크기도 손 좀 보지? 특별히 싸게 해서, 디자인 예쁘게 넣어줄 테니 현금으로 삼백."

"등록금도 없어요. 약이나 처방해주세요."

"일시적인 심인성 발기부전은 너무 걱정할 거 없고 넣기 전에 실례하는 것도 흔해. 약은 반 알로 나눠서 먹고. 자네 나이에 한 알 다 먹으면 일일구 부르게 될걸. 몇 번만 약 도움 받아서 넘기고 나면 보통 문제없으니까 걱정하진 말고."

처방전을 받아서 마름모 모양의 파란 알약을 샀다. 한눈에 보기에도 비아그라는 비아그라처럼 생겼다. 말로만 듣던 비아그라, 전 남성, 전 인류에게 내려진 축복, 인간에게 진정 주어진 자유의지, 수컷 바다표범의 구원자, 순록의 메시아, 생태계의 수호자였다. 파란 알약 덕분에 일 년에만 15만 마리 이상의 바다표범이 살아남았다. 해구신의 가격은 삼십 퍼센트 이하로 폭락했다. 정력제가 다 무슨 소용인가, 삼십 분 전 한 알만 복용하면 되는데. 장담할 수 없고 역하고 비싼 정력제보다 간편한 것, 비아그라를 보면 인류의 희망찬 미래가 보였다.

왜 부적을 갖고 다니는지 알겠다. 쓸모와 무관하게 강력하고 든든한 무언가가 지켜주는 기분이었다. 교회에 다닐 때 잠시 느꼈던 것과 비슷했다. 비아그라 한 알을 절반으로 부러뜨려 고이 지갑 안에 넣었다. 심리적 안정도 결국 물적 토대를 기반으로 나왔다. 비아그라적인 의미에서 마르크스는 옳았다. 펭귄은 하부구조, 머리는 상부구조. 결정은 뇌가 아니라 펭귄이 하는 것이다. 허다한 똑똑한 사람들이 펭귄을 이기지 못해 망하는 사례가 많은 것처럼.

*

독일 전차군단에게는 비록 졌지만 축제 분위기였다. 16강 진출 이후로는 이제 그만 져도 괜찮다는, 모든 경기가 보너스 게임이라는 낙관론이 팽배했다. 스포츠 경기에 졌다고 대표팀을 역적 취급하던 분위기는 사라지고, 이겨도 좋고 져도 좋고, 스포츠는 그 자체로 즐길 수 있는 거라는 여유가 사람들에게 생겼다.

물론, 나는 여유가 없었다. 이번에는 기필코 할 생각이었다. 작전도 치밀하게 짰다. 길고 긴 애무를 하며 펭귄이 일어설 때까지 시간을 벌 요량이었다. 진정한 침대축구를 보여주지. 애무로 무한정 시간을 벌면 승산이 있어.

"오빠, 이제 그만. 어서, 빨리 넣어줘."

"잠깐만."

"오빠, 이상한 약 먹는 거 아니지?"

이상한 약이 지갑 속에 있었다. 할아버지 의사는 삼십 분 전에 미리 먹어두라고 했지만, 한 번 더 내 힘으로 승부를 보고 싶었다. 정말 혼자 힘으로는 안 될까?

정말 내 힘으로는 안 되는 일이었다. 춥다고, 에어컨을 좀 낮추겠다고 일어섰다. 몰래 비아그라 반 알을 삼켰다. 정말 남의 힘으로도 안 되는 일이 일어났다.

"오빠, 왜 이래?"

십 분, 십오 분, 이십오 분, 식은땀이 났다. 다시 덥다는 핑계로 슬그머니 반 알을 더 먹었다. 이십칠 분, 이십팔 분, 이십구 분, 이십구 분 십 초, 이십구 분 이십 초…… 삼십 분이 가까워지자 더 초조해졌다. 곧 서겠지, 이제 되겠지 했다. 그러나 삼십 분이 지나도 소용없었다.

흘린 땀은 결코 배신하지 않는다며? 누구보다도 더 많이 훈련했는데. 실패 그 다음은 성공이 되어야 하는데, 실패, 실패, 실패, 또 실패라니. 비아그라가 가짜인가? 병원에서 처방받아서 약국에서 산 건데? 삼십오 분이 지나자 심장이 아플 정도로 두근거렸다. 온 이마가 땀에 젖었다.

작전은 실패였다. 침대축구는 이렇게 하는 게 아니었다. 시간에 쫓기는 쪽은 여전히 내 쪽이었다. 작전이 치밀해도 선수가 따라주지 못하면 끝장이었다.

화장실 가는 척하다가 티셔츠와 바지만 대충 꿰입고 모텔에서 뛰쳐나왔다. 등뒤에서 개새끼라는 고함이 들렸다. 모텔 입구에는 줄 서서 기다리는 남녀들이 있었고, 거리에는 여전히 대한민국을 외치는 붉은악마들이 바글바글했다. 미처 양말을 신지 못해 운동화 밑창이 까끌거렸다.

모텔비를 내고 남은 돈은 이천 원밖에 없었다. 월드컵 덕분에 통장은 장렬하게 파산했다. 모텔비가 십오만 원이었고, 치킨값과 술값이 모텔비와 비슷하게 나갔다. 삼시세끼 라면을 먹으면서도 응원전에 대비해 모텔비를 만들어둔 건데. 친구들은 아무도 전화를 받지 않았다. 죄다 휴대전화 전원이 꺼져 있었다. 자취방까지 택시비는 만 원이 넘었다. 걸어가는데 빵빵빵 빵빵하고 클랙슨을 울리는 자동차가 있었다. 힘없이 손을 흔들어주었다. 차마 대한민국 소리가 나오지 않았다.

대한민국이면 뭐해, 내가 안 되는데.

이천 원으로 캔맥주 하나를 살 수 있었다. 월드컵 기간에 남은 것이라고는 맥주가 전부였다. 부적 따위는 소용없었다. 왜 종교가 망해가는지, 왜 사회주의 국가들이 개혁을 시도했는지 알겠다. 과학도 마찬가지였다. 인간 세상에는 종교나 사상, 과학으로도 해결되지 않는 것이 있었다.

마지막 남은 터키전에는 차마 두려워서 거리 응원에 나가지 못했다. 그러고 보니 포르투갈전 이후, 펭귄이 먼저 응원전에 나가자는 말을 한 적은 없었다.

8

기차는 열두시에 떠나네

안타깝게도 스펀지 같은, 흡수력이 좋은 머리는 잠깐이다. 머리는 빨리 굳으며, 한 번 굳은 뒤에는 콘크리트보다 단단하다. 억지로 다듬을 수는 있으니까 콘크리트는 차라리 낫다. 고무공이 된 사람들은 무엇을 보여주고 무슨 말을 들려줘도 소용없었다. 3층 건물에만 올라가도 콘크리트와 고무공이 거리를 굴러다니는 모습이 보였다. 나이든 스펀지는 없었다.

문화에 빠져들 수 있는 나이는 늦게 잡아도 고작해야 이십대 중반까지다. 조숙한 아이들은 초등학교 고학년 때 평생의 취향을 결정지어버린다. 취향은 보통 고등학생 때 자리를 잡아가기 시작하다가 이십대 중반이면 고정되었다. 뒤늦게 취향을 바꾸려면 많은 공부와 노력이 필요했다. 주먹으로 벽돌을 깨는 노력을 해야 취향의 방향이라도 조금 틀 수 있었다. 변화의 기회는 드물었다. 새로운 경험은 그저 반복의 연장선일 뿐이었다. 취향의 변화를 시도하는 것보다 차라리 다시 태어나는 편이 더 빨랐다.

물론 음란물은 성적 취향의, 문화의 핵심이다.

*

아날로그와 디지털 사이에서 자랐다. 선배들은 근본적으로 아날로그형 인간이었다. 후배들은 아날로그를 낯설어하는 디지털형 인간이었다. 나는 그 사이에 끼어 있는 덕분에 아날로그적 음란물과 디지털적 야동을 모두 접했다. 대신 선배들을 따라잡지 못했고 후배들에게는 곧바로 밀려버렸다. 힘을 쥔 기성세대는 아날로그를 강요했고 추격하는 쪽들은 디지털로 무장하고 있었다. 양쪽의 즐거움을 모두 맛본 세대에게 내려진 벌이었다. 두 가지 이상에 관련되어 있을 경우, 대체로 장점보다 단점의 비중이 더 컸다. 좋은 일은 아예 없고 나쁜 일만 바글바글하게 많았다.

음란물이 문화를 견인했다. 홈 비디오의 폭발적인 증가는 성인 테이프 때문이었다. 없는 살림에도 차곡차곡 돈을 모아 홈 비디오를 장만했던 이유는 혼자서, 불 끄고 부부끼리, 오

붓하게 뜨거운 감상을 하고 싶었기 때문이다. 중요 장면을 실컷 반복해가면서, 눈과 귀로만 감상하지 말고, 손짓도 더하면서, 오순도순 즐기고 싶었기 때문이다. 3D, 4D 영화가 따로 없었다.

인터넷도 비디오와 마찬가지였다. 인터넷은 구텐베르크의 금속활자에 버금갔다. 재호의 주장에 따르면, 구텐베르크의 활자도 성경 보급이 목적이 아니라 야설의 광범위한 유통을 위해서였다. 다만, 차마 야설 때문이라고 말할 수는 없으니 성경을 명분 삼았던 거라고 했다. 활자가 생겼다고 갑자기 거룩한 신앙심을 갖고 신의 뜻이 궁금했을 리는 없다. 신의 뜻을 알아봤자 달라질 것도 없고. 정보화를 핑계로 컴퓨터를 샀듯이, 성경을 핑계로 뒤늦게 글을 배운 팔십 먹은 노인이, 늘그막에 글자를 배우면서까지 읽고 싶었던 것은 침대 아래에 있었다. 침대 아래에는 노인이 청년 시절 이웃 마을에서 딱 한 번 들었던, 한 번 듣고 영원히 잊지 못했던, 줄거리는 기억나지만 자세한 내용은 다시 듣고 싶은, 간절하면서도 애달픈 사랑 이야기가 있었다. 글자를 배운 노인은 가쁜 숨을 몰아쉬며 손끝으로 한 글자 한 글자 쓰다듬어 내려갔다. 천천히 추억의 이야기 속으로 걸어 들어갔다.

"막시밀리언은 브루크너를 세차게 껴안았다. 두 사람의 목걸이가 찰랑 부딪히는 소리가 났다. 브루크너는 그 소리에 깜짝 놀라 막시밀리언을 다시 밀쳐내려고 했지만, 막시밀리언은 브루크너를 놓아주지 않았다. 껴안기만 해도 심장소리가 둥둥 울렸다. 브루크너의 팽창한 심벌을 손으로 느끼며 막시밀리언은 침을 삼켰다. 오, 그대는 나의 거대한 백조구려. 브루크너도 더 이상 참지 못하고 낮은 신음을 내뱉으며 막시밀리언의 얼굴에 키스했다. 막시밀리언, 나의 막시밀리언…… 신성한 교회에서 무슨 짓이에요! 오, 신이시여! 막시밀리언 형제님! 리사 수녀는 들고 있던 은촛대를 떨어뜨렸다. 땡그르르…… 은촛대가 구르는 소리도 막시밀리언 수사와 브루크너 추기경이 하던 일을 멈출 수는 없었다."

*

이러다가는 펭귄이 퇴화할 것 같았다. 알다시피, 펭귄은 새다. 보다시피, 펭귄에게는 날개가 있다. 그런데, 알다시피, 펭귄은 한 번도 제대로 날지 않았다.

"대신 수영할 줄 알잖아. 수영하는 새 봤어?"

많은 것 같은데, 가령, 청둥오리도 있고, 그냥 오리도 있고, 백조도 있고…….

악수를 마칠 때 사정거리가 줄어들었다. 느낌도 예전만 못했다. 되기는 되는데 적당히, 대충, 습관적으로 끝나는 기분이었다. 시간도 제멋대로인 것 같고. 다른 것은 다 기분 탓이려니 해도 짧아진 사정거리는 확실했다.

운동장의 첫날밤이 그리웠다. 천천히 흐르고 그나마 아름답던 유년의 시간은 자꾸만 뒤로 흘러가버리고 남은 시간은 자꾸만 빨라졌다. 운동장의 느낌을 되살려보고 싶었지만 어딘가 모르게 부스스 흩어지고 있었다. 사정거리는 갈수록 줄어들었다.

대륙간탄도미사일은 되지 못해도 지역방어는 충분히 할 수 있어야 할 텐데, 예전에는 달까지 날아가서 발자국 정도는 찍고 돌아올 우주왕복선 같았는데, 갈수록 얼마 안 남은 케첩을 짜는 기분이 들었다. 케첩병을 흔들면 나오기는 나오는데, 아직 남아 있는 것 같긴 한데, 몇 방울에 가까운 그런 것이 되어버렸다. 거리를 재보려고 일어서서 차렷 자세로 악수를 했다. 방이 작아서 반대쪽 벽에 딱 달라붙어서 해야만 했다. 반대편 벽 끝에만 닿는다면 안심이었다.

바닥에 톡 떨어졌다. 간신히 엄지발가락에는 묻지 않았다. 방바닥을 티슈로 닦다가 바닥에 털썩 쓰러졌다. 기운이 나지 않았다. 펭귄에게 드러내놓고 말은 못 했지만 월드컵 때 일은 도저히 잊을 수가 없었다. 친구들에게도, 당연히 가족에게도, 누구에게도 상담할 수 없었다. 펭귄이 낯을 가려서 그렇다고, 봐, 집에서는 곧잘 하잖아, 안 해서 그렇지 하면 누구보다 잘

할 수 있어, 하고 스스로를 위안했지만 물리적인 사정거리가 줄어들자 더 이상 내가 나를 기만하기 어려웠다.

*

월드컵 이후 펭귄은 집에서 야동만 보고 밖에서는 잘 일어나지도 않았다. 펭귄은 태연한 척 굴었지만, 더 이상 모른 척 할 수 없었다. 일주일 동안 몰래 펭귄 관찰일지를 써봤더니 처참한 수준이었다. 월요일 아침—일어날 때는 잘 일어났음. 그러나 하루 종일 말이 없었음. 화요일—말을 걸었지만 종일 대답하지 않음. 수요일 아침—마치 화요일은 없었다는 듯 활기찼음. 그러나 금방 시무룩해짐……

나도 겁이 났지만, 이번에는 용기를 내서, 하루라도 빨리 펭귄을 끌고 병원에 가야 했다. 엄마가 나를 포획해서 포경수술을 하러 가던 마음으로.

*

그래, 수영. 잘하는 것 하나만 있으면 됐지 뭐.

거짓말이다. 잘하는 것 하나만으로는 먹고 살기 어렵다. 정말 잘해야만 살아갈 수 있다. 노력하면 마침내 하게 되리라는 착각은 월드컵을 통해 산산조각 났다. 안 되는 것은 안 되기 십상이었다.

박찬호나 박세리나 박지성쯤 되면 또 다르겠지. 야구만 잘하면, 발기부전이라도, 조루라도 괜찮겠지. 그런데 나는 박씨가 아니고, 지금이라도 박씨로 태어날 방법이 없을까 고민해봐야 아빠한테나 미안한 일이었다. 아니, 아빠도 박씨가 되고 싶을지도 모르겠다. 남보다 어정쩡하게라도 잘하는 것도 없었다. 꿈은 이뤄지지만, 이루어지는 꿈은 내 것이 아니다. 내 것인 줄 알았을 뿐이다. 잠깐 꿈이 이루어진다고 믿었을 때도 충분히 행복했지만, 남의 꿈이라는 것을 깨달았을 때 오는 허무감도 만만치 않았다.

아무리 긍정적으로 봐도 겨우 수영 하나만 할 줄 아는 펭귄이라니. 사실 펭귄이니까 수영이야 당연히 할 줄 알겠지 했던 것이지, 실제 수영하는 모습은 본 적도 없었다. 그렇다고 수영할 줄 아는 펭귄이 특별한 것도 아니다. 남의 펭귄은 인생 착하게만 살아도 되지만, 우리 펭귄은 즐겁고 똑똑하고 부자로 떵떵거리며 살기를 바랐다. 나는 펭귄을 위해서, 포경수술을 결심한 엄마의 마음을 다시 떠올렸다. 늦었다고 생각할 때가 가장 빠른 때는 아니지만, 더 늦으면 아무 손도 쓸 수 없었다.

딴청을 부리는 펭귄을 끌고 다시 비뇨기과에 갔다. 허리 아래의 문제는 남녀 모두에게 무작정 기피하고 싶은 것이다. 다른 비뇨기과를 찾아가는 것은 부끄럽고 무서웠다. 한 번 갔던 병원이 그나마 심리적 장벽이 낮았다. 펭귄을 잘라가진 않았으니까 어떻게든 되겠지. 대신 마음의 일부분이 잘려나갔던 것 같지만, 다른 비뇨기과는 또 어떤 꼴일지 알 게 뭔가. 할머니 의사가 있을지도 모른다.

엄마가 나를 레이저로 꼬셨듯이, 나는 젖소부인으로 펭귄을 유혹했다. 진료실 뒤편에 보니까 전 시리즈가 다 있던데. 요즘 비디오테이프 구할 곳도 없는데. 얼마나 귀한 컬렉션인데. 그 병원 망하기 전에 봐두면 좋겠는데.

"또 올 줄 알았지."

잔뜩 주눅든 펭귄을 톡톡 치며 할아버지는 웃었다. 펭귄은 할아버지 얼굴도 쳐다보지 못하고 진료실 바닥만 바라봤다.

"비아그라로 효과 못 보는 남자도 많아. 호르몬 수치가 낮거나 불안감이 높거나, 사람마다 이유도 많고. 우선 여자 앞에서만 못 일어나는 거니까 심리적인 문제일 가능성이 높지."

"나가긴 나가는데, 잘 나가지도 않아요."

"꼭 멀리 나간다고 좋은 건 아니야."

"확 나가야 정력이 좋은 거 아닌가요?"

"총 쏘는 것도 아니잖나. 시간? 지루는 병이야. 허벅지를 삼십 분쯤 문질러봐. 좋기는커녕 까지기만 하지?"

"병이라도 걸려봤으면 좋겠어요. 크기는요?"

"서로 비교 안 하는 사람은 없어. 비디오에 출연하는 프로들은 그쪽으로 타고 났으니까 그런 거지, 그렇다고 그게 평균은 아냐. 농구 선수들 보고 자신의 키가 너무 작다는 사람은 없지."

할아버지는 의자 뒤로 허리를 젖히며 편안한 자세로 말했다. 담배까지 빼 물었다.

"내 진료실이니까. 설마 살 날도 얼마 남지 않은 노인이 담배 한 대 피는 것 가지고 뭐라고 할 건 아니지?"

환자 마음도 읽는 것을 보니 요괴가 맞나보다. 아니면 명의일까. 요괴가 아니면 명의가 분명한 것 같아서 궁금했던 것들을 죄다 물어봤다.

강직도는요? 혈액순환이 잘된다는 증거니까 중요하지. 어차피 사회생활하면서 눈치볼 일 많은데 거기라도 강직하게 살아. 힘은요? 운동선수들 정력이 좋다고 하던데. 근육 너무 키우면 고추가 쪼그라드는 경우도 있다네. 가슴팍만 크지, 과도한 스테로이드는 고환을 축소시켜. 운동선수들은 보통 사람들이 할 수 없는 체위가 쉽다는 점은 장점이겠지. 가령, 번쩍 들고 한다거나, 허리 힘이 남달리 좋다거나. 섹스도 운동의 한 종류야. 운동의 절반은 마인드 컨트롤에 달린 건 알지? 마음을 잘 먹어야 해. 물론 신체가 차지하는 비중이 크긴 크지. 하지만 다시 태어나지 않는 이상 어쩌겠나? 테크닉은요? 테크닉은 부단한 수행과 봉사 정신 아니겠나? 배워도 안 되는 사람도 있긴 있지만. 노력 여하에 달려 있지. 상대방을 배려하고 두 사람의 관계를 존중한다면 테크닉은 자연히 좋아질 거야.

요괴는 과연 명의였다. 쪼글쪼글한 대머리 할아버지라도 의사는 의사였다. 내 고민은 남자들의 고민이었고, 남자들의 고민은 내 걱정거리였다. 할아버지가 펭귄이 평균보다 작긴 작다는 말만 하지 않았더라면 더 좋았겠지만, 많은 도움이 되었다.

*

펭귄은 비뇨기과에 다녀온 후 조금씩 나아졌다. 새벽 일찍 일어날 때도 있었고 도서관에서 갑자기 기지개를 켜 당황시키기도 했다. 할아버지 말대로 일주일을 참았더니 사정거리도 만족할 만했다. 수억 마리의 정자들이 모니터를 향해 돌격했다. 모니터를 깨버릴 듯한 압력이었다. 악수를 끝내고 펭귄과 얼싸안고 울었다. 나는 너를 믿는단다, 우리 펭귄. 모니터 속의 배우들도 주르륵 흐르는 눈물을 닦지 못하고 있었다. 아프면 병원에 가는 게 옳았다.

다음날에는 다시 엄지발가락 앞에 톡 떨어졌지만. 다다음날에도 마찬가지였지만.

조금이라도 몸이 아프다 싶으면 비뇨기과에 갔다. 감기를 펑계로 궁금한 것을 물어봤다. 어깨가 아프다며 찾아가서 세계에서 가장 큰 펭귄이 있다면 무엇이 가장 힘들지 이야기를 나누기도 했다. 집에 쓸데없는 약들이 쌓였다.

"뼈 안 삭아. 뼈 삭으면 젊은 남자들 죄다 골다공증이게? 키 클 나이는 이미 지났으니까 포기하고 살아."

"병원에서 짜장면 먹으니까 영 어색하네요."

"역시 짬뽕 시킬 걸 그랬나?"

"짜장면 정도는 사주시죠."

"소주값은 내가 냈잖아. 억울하면 진료비 내지 말고 그냥 가."

"손님 없는데 괜찮으세요?"

"묻지 마. 궁금증 해결하자고 다른 사람 곤란할 걸 물어서 뭐하겠나. 재미있는 이야기나 하자고."

소주 반 컵을 비운 할아버지는 담배를 물었다. 마치 원숭이가 담배를 물고 있는 것 같았다. 비뇨기과 대신 중국집을 하시지. 담배 연기 사이로 거대한 펭귄 사진들이 나타났다 사라졌다. 그릇이나 내놓아야지. 짜장면 그릇을 들고 진료실을 나가는데 대기실에 익숙한 운동화가 보였다. 내가 점심시간에 맞춰 오는 날이면 간호사 아줌마는 아예 밖으로 자리를 비웠다. 익숙한 운동화는 초조하게 다리를 떨고 있었다.

"여기 점심시간 두시까진데요, 어…… 여기 무슨 일이야, 재호."

*

생전 처음 혼자 울었다. 수진이를 다시 만났던 날.

예전에는 혼자 울지 않았다. 울음은 누군가에게 내 감정을
전달하기 위한 수단이었다. 울 만큼 기분이 상했으니 누군가
달려와서 위로해줘요, 나는 지금 슬퍼요, 그게 우는 이유였다.
혼자 운 적은 없었다. 혼자 울면서, 나는 나를 처음으로 분명
히 바라볼 수 있었다.

자취방으로 돌아오는데 자꾸 눈물이 났다.

수진이와 나 사이에 오해는 없었다. 오해가 생길 정도의 사
건 자체가 거의 없었다. 어색하게 커피, 아니 핫초코를 마시면
서 이런저런 이야기를 늘어놓다 보니 시간이 잘 갔다. 맞춰지
지 않던 과거도 이야기를 하다 보니 나쁘지만은 않았다. 내가
사랑한 수진이가 누구였는지 아리송하긴 했지만. 수진이에 대
한 내 기억은 나쁠 수가 없었고, 수진이도 나를 좋게 기억해
주고 있었다. 말수는 없지만 착해 보이는, 회장 형 말 잘 듣던,
큰 다툼 없이 그럭저럭 교회생활 열심히 하던 남학생으로 알
고 있었다. 교회 오빠는 아니라도 교회 친구 정도는 되는, 그
런 남학생이었다고 했다.

천안 거리는 좁았다. 카페를 나와서 역 앞을 걷다가 근처 골목에 있는 닭갈비집에 갔다. 호두과자가 아무리 맛있고 유명해도, 호두과자는 밥이 되지 못했다. 왜 춘천도 아니고, 천안에서 닭갈비를 먹었는지는 모르겠다. 누가 먹자고 했는지도 모르겠다. 닭갈비에 소주 하나 맥주 하나를 시켰는데, 맥주는 손도 대지 않았다. 볶으면서 먹다 보니 소주가 자꾸 들어갔다.

"나 너 좋아했어."

"그래?"

"알고 있었지?"

"대충, 그래."

"넌, 회장 형 좋아하는 줄 알았는데."

"그것도 그래."

다 그래, 라고 대답해서 무슨 말인지 알 수 없었다. 한참 소주를 마시며 주변에서 다른 사람들이 떠드는 소리를 들었다. 빈 소주병이 두 병을 넘어가자 수진이의 말은 닭갈비 양념과 함께 이곳저곳에 튀었다. 대화라기보다 어정쩡한 고백과 응수에 가까웠다. 내 말이 줄고 수진이 이야기가 늘었다. 한참 이야기를 해도 무슨 말을 했는지, 무슨 말을 들었는지 구분하기 어려웠다. 어느새 철판이 차갑게 식어 있었다. 철판에 달라붙은 당면은 주걱으로 밀어도 꿈쩍도 하지 않았다.

수진이는 여전히 예뻤다. 펭귄은 슬쩍 수진이 얼굴을 훔쳐

봤다. 닭갈비집에 앞치마가 있어서 다행이었다. 앞치마로 펭귄을 가리고 술을 마셨다. 펭귄이 나올 분위기가 아니었다.

식은 호두과자를 보고, 수진이는 호두과자가 제일 싫다고 했다. 왜 싫냐고 물었다. 천안에서 살게 된 이야기, 긴 대답 속에 부도, 도망 같은 말들이 나왔다. IMF와 관련된 말들이 여러 번 반복해서 나왔다. 나는 '중간고사-국사' 사건 얼마 뒤 수진이네가 밤중에 이사했던 것도 몰랐다. 그때 나에게는 학생부에서의 사흘이 부끄러웠고, 힘들었고, 중요했으므로, 수진이의 상황이나 기분은 모르거나, 내 마음대로 상상하고 넘겼다. 수진이에게 음성메시지를 남길 때도 내 변명만 늘어놓았다. 내가 학생부에서 겪었던 일보다 더 큰 일이 수진이에게 있었다.

금방 밥만 먹고 일어날 것 같았는데, 비가 계속 왔다. 곧 그칠 것 같으면서도 비는 꾸준히 내렸다. 비 그치면 일어나자고 했다가 소주병이 늘어났다. 소주병이 늘어갈수록 막연한 이야기도 늘어갔다. 막연해서 미안했다. 어쩐지 수진이를 다시 만난 게 미안했다. 수진이는 자신의 이야기를 상세하게 늘어놓았고 듣고 있자면 뭔가 위로를 건네야 할 것 같은데, 그랬구나, 하는 말밖에 떠오르지 않았다. 나는 위로를 제대로 할 줄 몰랐고 수진이도 자신의 이야기를 매끄럽게 털어놓는 데 서툴렀다. 수진이는 이사를 하고, 전학을 하고, 다시 이사를 하고,

또 전학을 했었다.

"옛날 앨범을 언제 잃어버렸는지도 몰라. 가끔, 기억이 불타버린 것 같아."

수진이 사진이 세 장 있었다. 중등부가 다 같이 찍은 사진에서 수진이 얼굴은 새끼손톱만 하게 보였는데, 작지만 환하게 웃고 있었다. 같은 학년부끼리 찍은 사진에서는 보일 듯 말 듯한 미소만 짓고 있었다. 독사진에서 수진이는 곰곰이 생각하는 표정이었다. 기차에서는 단아하고, 조금은 성스러운 독사진이라고 생각했는데, 술을 마시면서 보니까 달리 보였다. 수진이는 왜 내가 자신의 독사진을 가지고 있냐고는 묻지 않았다.

"가져갈래?"

"아냐, 봤으니까 됐어."

수진이는 이따금 술을 마시다가 빤히 내 얼굴을 쳐다보면서 한숨을 쉬었다. 한숨소리를 듣고 펭귄도 한숨을 쉬었다. 이야기가 천천히 떨어져갔다. 닭갈비집은 여전히 손님들이 많았는데 우리 자리만 조용히 어두워지고 있었다. 수진이는 소주병을 들고 한참 바라봤다. 나는 소주병을 바라보는 수진이를 바라봤다. 녹색 소주병에서는 차갑고 낮은 빛이 흘러나왔다.

상당히 취한 뒤에 주위를 둘러보니 어느덧 천안역 앞에 서 있었다. 잠깐 필름이 끊겼던 것 같기도 하다. 비는 아까 그쳤다. 서울로 가는 기차 안내방송이 나왔다. 취한 펭귄은 수진이의 가슴에서 눈을 떼지 못했다. 수진이는 굳이 바래다주겠다며 천안역까지 따라왔다. 천안역까지 걸어가는데, 역 근처에 모텔들이 많이 보였다.

"뭐해, 기차 끊겼다고 해."

펭귄이 아우성쳤다. 늦은 시간이지만 천안역은 사람들로 붐볐다. 붐비는 사람들이 나와 수진이 옆을 느리게 지나가는 것처럼 보였다.

"이러면…… 안 되는데……."

북극곰이 완강하게 저항했다. 북극곰의 소리 때문에 귀가 멍멍했다. 취한 펭귄이 북극곰에게 말을 걸었다. 오랜만이야, 북극곰. 그래도 내가 북극곰 너 아끼는 거 알지? 오늘은 이만 들어가줄래? 북극곰은 안 된다는 대답만 반복했다. 북극곰의 말이 옳았다.

북극곰의 말이 옳았지만, 지금 헤어지면 다시는 수진이를 만날 수 없을 것 같았다. 믿을진 모르겠지만 수진이와 자고 싶던 게 아니었다. 다만 헤어지고 싶지 않았다. 막연하게 다시 만나기는 힘들 거라는 느낌이 들었다. 한 번은 확인해야 하지만, 두 번은 보고 싶지 않은, 피곤한 과거가 너무 많이 올라왔다.

술기운, 펭귄의 보채는 소리, 수진이의 이야기, 낯선 수진이,

여전히 예쁜 수진이, 교회에서 있었던 추억들, 마니또, 아, 마니또.

"마니또 기억나?"

"마니또?"

"이브날 밤에, 뽑은 거 말야. 혹시 갈색 다이어리 뽑지 않았어? 펭귄 스티커 붙은."

"글쎄? 마니또를 했었어?"

"혹시 넌 뭐 준비했는지 기억나?"

"미안, 나 등 좀 두들겨줘."

"괜찮아?"

*

"헤어지기 싫었다니, 핑계는. 보기보다 훨씬 음흉하구만."

"순수해서 그렇거든요."

"혹시 출가할 마음 있는 건 아니겠지? 이야기나 계속해봐."

"그래, 이야기 좀 끊지 말고. 한꺼번에 좀 하던가."

"너나 말 좀 해봐. 폴란드전 날 흔들던 팬티는 뭐야?"

"샀어, 인터넷에서."

"인터넷 어디서 샀나? 나이 드니까 팬티 사는 게 민망해서 말이지."

"잘생긴 놈이 여자 팬티는 왜 산 거야?"

"입고 있으면 혹시 설까 해서. 난 흥분 자체가 잘 안 되더라. 인터넷에 보니까 여자 팬티를 입고 있으면 좀 낫다는 말이 있어서."

"두 사람 다 좀 크게 이야기해. 자네들도 나이 먹어봐, 잘 안 들려."

"잘생기면 뭘해. 하고 싶은데 흥분 자체가 잘 안 되는 기분을 알아?"

"하루라도 잘생겨봤으면 소원이 없겠다. 좀 자세하게 말해 봐."

"눈이 가지 않는 건 아닌데 흥분이 되다가 식는 그런…… 야, 네 이야기나 계속해."

*

수진이와 천안역에서 한참 미적댔다. 시간은 자꾸 흐르고, 빨리 흐르고, 잠깐만 쉬었다 가자면 수진이가 뭐라고 대답할까? 같이 있고 싶다고 분명하게 말할까? 같이 있고 싶다는 말은 이상하고, 쉬었다 가자는 말은 자고 가자는 말이니까 더 이상하고, 그런데 분명히 기차 시간 이야기를 열 번은 넘게 했는데, 왜 가라는 말을 안 하는 거지? 그리고 난 왜 이 상황에서 다른 생각도 들지? 다만 헤어지고 싶지 않았던 것이지만, 자고 싶기도 했다.

마지막 기차 시간이 다가올수록 손에서 땀이 나고 입술이 살짝 떨렸다. 수진이는 정말 순수하게 친구로서 배웅해주려는데 내가 미친 거겠지. 기차 시간이 십 분 남았다는 안내방송이 나왔다. 반복되는 안내방송은 결단을 재촉하는 것 같았다.

수진이가 먼저 입을 열었다.

"네가 내 마니또였으면……."

"응."

"부탁 하나만 들어줄래?"

"응."

말만 해. 말만. 뭐든지. 하늘의 별도 따다 줄 수 있어.

"혹시…… 돈 좀 빌려줄 수 있어?"

"어…… 얼마나?"

"많이…… 오십만 원."

"그만큼은 나도 없는데."

"삼십만 원도 괜찮아. 계좌번호 알려줘. 빨리는 아니겠지만 꼭 갚을게."

현금인출기로 혼자 걸어갔다. 수진이는 고개를 돌리고 다른 쪽을 보고 있었다. 통장에는 삼십삼만 원이 있었다. 대학생이 된다고 설날에 받은 용돈 남은 것과 이번달 생활비였다. 삼십만 원을 뽑아왔다. 별은 따다 줄 수 있어도 생활비 전부를 뽑아줄 수는 없었다. 돈을 건네주는데 내가 더 미안한 기분이 들었다. 당연했다. 누군가는 어려운 말을 꺼내려고 하는데 누군가는 잘못된 말을 꺼내려고 했으니까. 착각이, 몽상이, 내 입장이, 나 자신이 천천히 깨어졌다.

골인 없는 세리머니는 착각이다. 나는 세리머니를 시작하려다 말고 어정쩡한 자세로 기차에 떠밀리듯 올라탔다. 어쩐지, 반드시, 기필코, 기차에 타야만 할 것 같았다. 창밖으로 수진이의 뒷모습이 보였다. 기차 화장실에서 머리를 쿵쿵 박아댔다.

마지막 기차를 놓치는 데 실패하고 자취방으로 돌아왔다. 매일 자취방에서 죽치던 친구들은 그날 따라 한 명도 없었다. 술을 마시기 시작한 후 처음으로 혼자 소주를 마셨다. 몽상이 깨어지고 나자 홀가분했다.

9

그리고 아무도 서지 않았다

야동은 한계에 봉착했다. 펭귄 꼬리만 한 상상의 여지라도 있는 장르와 소재는 이미 지나갔다. 최강대국 미국과 경제대국 일본조차도 더 이상 신선한 작품 개발에는 실패했다. 해 아래 새로운 체위는 없었다. 사만 년 전, 호모 사피엔스 사피엔스가 이미 할 것을 다 해버렸다. 팔이 하나 더 생긴다거나 혀가 획기적으로 길어지지 않는 이상 체위는 달라질 것이 없었다.

온갖 직업들이 등장했다. 지금 인기 있는 직업, 곧 등장할 직업, 미래에 유망할 직업들이 있었다. 귀천도 없었다. 회장님과 집사가 평등하게 사랑을 나눴다. 남녀 회장도, 여남 집사도 있었다. 외계인과 지구인이 화성에서 평화롭게 사랑을 나눴다. 적어도 외계인의 침공으로 멸망할 일은 없었다. 꾸준히 인기를 잃지 않는 직업이 있었다. 인기를 유지하려면 의사, 변호사 같은 전문직이거나 교사, 공무원처럼 안정적이거나 회장님, 사장님처럼 돈을 많이 버는 직업이어야 했다. 회사와 병원과 학교가 반복해서 나왔다. 사람은 누구나 아팠고, 아프면 병원에 가야 했고, 의무교육은 마쳐야 했고, 일을 해서 밥을 벌어야 했다. 현실은 야동에서조차 지극히 현실적이었다.

*

그러나 무엇을 상상해도 야동은 현실의 변주에 불과했다. 일상생활보다 더 많은 생활이 야동에 있었지만, 현실이 시들하니 변화를 줘도 금방 식상해졌다. 소재만 새롭게 발굴한다고 그럴듯한 야동이 되는 것은 아니었다. 근본적인 변화가 없는 이상 소재는 소재에 불과했다.

"스바라시상. 패권이 흔들리고 있소. 이는 위대한 아메리카에 대한 도전이오."

"존슨 각하, 소재주의로는 도저히 이 난관을 헤쳐나갈 수 없습니다. 애써 일주일 동안 작품을 찍어도 사람들은 삼 분도 채 넘겨보지 않습니다. 삼 분이면 누구나 충분하니까요."

"문제는 삼 분이구려. 삼 분을 넘는 사람은 없소?"

"각하, 비공식적인 조사에 의하면 일 분도 못 버티는 사람들이 늘어간다고 합니다."

"스바라시상, 설마 날 감시하고 있는 건 아니겠지?"

"감히 그럴 리가 있겠습니까, 각하. 각하, 이럴 때일수록 확실하고 과감하게 나가야 합니다."

"기모찌상과 같은 말을 하는구려. 정말 그 방법이 최선이오?"

"각하, 최선입니다."

"러시아와 유럽연합이 가만히 있을지 모르겠소."

"각하, 어쩔 수 없습니다. 용단을 내리셔야 합니다."

"좋소, 전통적인 해결책을 따릅시다. 총리에게 연락하시오."

"하이, 아니, 옛썰!"

미국과 일본은 물량공세로 문제를 해결하려고 했다. "안 서면 설 때까지 밀어붙여라." 하루에도 수천 편의 야동 폭탄이 쏟아져 내렸다. 누구도 매일같이 쏟아지는 야동을 다 볼 수는 없었다. 일 초에 한 장씩 야동 표지만 넘기는 것도 불가능했다.

이름표를 붙이고 뛰어다니는 작품이 나왔다. 마을 하나를 통째 빌려 촬영하고, 산 중턱에서, 정상에서, 하산하면 술집에서 뒹굴었다. 세 명이서 하거나 백 명이서 하거나 화면에 담기는 움직임에는 한계가 있었지만 지치지도 않고 뒹굴었다. 백 명을 동시에 찍으면 살색 물결이 흐르는 것 같았다. 배우들의 얼굴도 기억나지 않았다.

얼굴에 뿌리고 채찍으로 때리고 촛농을 양동이째 부었다. 밧줄은 수십 가지 방법으로 묶을 수 있었지만 매듭은 어디까지나 매듭이었고 포박은 속박에 불과했다. 그룹과 밧줄을 그리워하는 사람은 소수였다. SM은 혼자서 즐기기도 어려운 장르였다. 현대인들에게는 어쩌다 마주친 이웃에게 웃으며 인사를 하는 것만큼이나 어색했다. SM을 잘 하려면 사교성이 좋아야 했다.

특정 체위만 모아서 편집해둔 것은 취향을 존중하는 미덕이 있었다. 스포츠 뉴스 하이라이트 장면을 보는 것 같았다. 올스타전도 나왔다. 인기 순위 1위부터 10위까지의 배우들이 총출동했고, 알렉산더와 카이사르와 칭기즈칸과 나폴레옹이 싸우면 누가 이길까 같은, 남자들이 항상 궁금해할 만한 장점이 있었지만, 화려하면 화려한 대로 긴장감이 떨어졌다. 떨어지는 정도가 아니라 막상 보니까 아무 긴장도 되지 않았다.

3D 야동도 나왔다. 어디까지가 사람이고 어디까지가 그래픽이고 어디까지가 기계인지 구분하기 어려운 것도 있었다. 웡웡 모터 소리가 났지만 사람이라고 조용하지는 않았다. 배우의 감각을 느낄 수 있는 터치 야동만 나오면 4차 혁명이 올 것 같았다. 터치 야동으로 남자 배우는 만나고 싶지 않지만, 사람마다 취향은 다른 거니까.

＊

존슨이고 스바라시고 나그네 옷을 벗기는 이솝우화 「바람과 태양」도 읽지 않았나 보다. 맹렬한 십자포화였지만, 포격과 폭격으로는 사람들을 설득할 수 없었다. 취향을 따지고 나면 남는 작품은 막상 많지 않았다. 아무래도 사람은 취향에서 자유로울 수 없었다. 취향이 아닌 것들은 없는 것과 다르지 않았다. 많은 것들 중에 막상 내가 선택할 수 있는 것들은 얼마 되지 않았다.

혁신이 더뎌지자 복고가 유행했다. 다시 기본으로.

인문학이 조명받았다. 발전한 것 같지만 출발점에 진실이 이미 있었고, 세부적인 면에서는 노력한 보람이 없지 않았다. 새로운 한계 지점을 갈팡질팡할 때, 고전과 복고는 재조명받을 수 있었다. 영화들을 패러디하거나 세계 명작을 야동으로 만들었다. 〈오이디푸스 왕〉부터 〈올드보이〉까지, 『로미오와 줄리엣』부터 『위대한 개츠비』까지. 야동 명작 전집도 나왔다. 1번부터 100번까지 묶어서 '죽기 전에 꼭 봐야 할 100선'으로 출시되었다. 폭발적인 인기를 누리지는 못해도 꾸준히 일정한 사람들이 찾았다.

기본의 강조라는 면에서 그라비아gravure는 고전과 같았다. 그라비아는 화사하고 따뜻했고, 가릴 것은 가렸고, 보는 사람에게 부담을 주지 않았다. 모든 것을 모두 보여주는 야동과 달리, 그라비아는 아름다운 것을 아름답게 보여줬다. 고양이가 나오는 그라비아도, 조각 케이크를 촬영한 그라비아도 있었다.

아슬아슬한 한계치가 주는 매력, 보여주면서도 보여주지 않는, 상상력의 궁극적인 실험. 공즉시색 색즉시공을 그라비아는 갖고 있었다. 스승님, 어떻게 벗지 않는데 음란할 수 있습니까. 아직도 깨닫지 못했구나. 진정한 음란함은 네 머릿속에 있느니라. 보이는 것은 허상이요 실체는 자신에게 있느니라. 본질은 변하지 않는 법이니, 타인의 영상보다 자신의 묵상을 믿거라. 제자야, 파이팅이다.

*

술집에 걸려 있는 달력 사진이 그라비아스러운 것들이었다.
하얀색 기모노, 귀엽게 생긴, 분홍색 벚꽃.
스페이드 8도 그라비아였다.

*

2002년 출산율은 1.17명이었다. 2003년에는 1.18명이었다.

2001년은 1.30명이었으니, 2003년 출산율은 2001년보다도 낮았다. 월드컵 베이비들은 많지 않았다.

지구의 자전과 공전 속도가 어찌나 빠른지 서 있기만 해도 어지러웠다. 자고 일어나면 다음날이었고 금방 한 달이, 반 년이, 일 년이 지났다. 두 팔을 벌리고 어어, 균형만 잘 맞춰도 성공인 듯싶었다. 아빠는 재취업했던 회사에서 잘렸다. 원망도 제대로 하지 못했다. 회사가 송두리째 망해버렸다. 어디를 가도 다니던 회사가 망했다는 이야기는 흔했고 망한 회사는 어딘가로 넘어갔다. 큰 회사는 갈수록 커졌다. 작은 회사는 자꾸만 작아지다가 퐁, 사라졌다. 엄마는 새벽에 일어나서 신문을 읽고 양복을 입고 나가는 아빠를 보고도 아무 말도 하지 않았다.

항상 양반다리를 하고 앉아서 신문을 읽던 아빠가, 무릎을 꿇고 바닥에 두 손을 짚고 신문을 보기 시작했다. 할복하는 사무라이 같은 자세였다. 아빠는 망한 회사 사무실에서 잡다한 문구류와 구멍난 소파와 책상을 챙겨왔지만 쓸데도, 둘 곳도 없었다.

"쓰레기는 버리는 데도 돈이 들어요."

설거지를 끝낸 아빠는 고물상을 불러 담배 두 갑을 받고 책상을 넘겼다. 담배라도 받았다고 엄마에게 자랑했다가 다음 날부터는 골목에 내놓은 소파에 앉아서 신문을 봐야 했다. 고

물상도 가져가지 않는 푹 꺼진 소파라도 아빠 무릎에는 도움이 되었다. 아빠는 소파에서 신문도 읽고 라디오도 들었다.

새로운 것도 좋고, 자유도 좋았는데, 새로운 자유 앞에서는 어리둥절해했다. 신자유주의를 경고하는 사람은 있었지만 심각하게 듣는 사람은 적었다. 더 이상 뭐가 나빠지겠어. 언제는 경기가 좋았나. 예전에는 경기가 좋았잖아. 예전? 그 예전이 언제였더라? 다들 더 나빠지지만 않으면 좋겠다고 했다.

망한 회사의 사장이 밤에 아빠를 찾아와 십만 원만 빌려달라고 했다. 아빠는 묻지 않고 편의점에서 현금인출 서비스를 받아와 사장에게 건네주었다. 며칠 지낼 돈만 부탁한다는 사장의 말에 차마 입이 안 떨어지더라고 했다. 사장을 본 적은 없었지만 얼굴은 상상이 갔다. 엄마는 부자는 망해도 삼 년은 간다고 나무랐지만 아빠 귀에는 잘 들리지 않았다. 대형마트의 시급은 올라봐야 최저임금이었고, 최저임금은 최대임금이었다. 최대임금을 받는데도 엄마의 경제활동이 없으면 가정이 굴러갈 수가 없었다.

"너도 이거 피우는구나."

"죄송해요."

"괜찮다. 대신 한 개비만 빌려다오."

"남은 거 다 피우세요."

자식 된 도리로 꿔드릴 수는 없었다. 잠깐 망설였다가 절반이나 남은 담뱃갑을 내밀었다. "빌려다오"가 사라지지 않고 귓가에 맴돌았다. 회사가 망하기 반년 전부터 아빠는 월급이 나오지 않아도 출근을 멈추지 않았다. 등록금은 작년에 비해 오 퍼센트가 올랐다. 오 퍼센트만 올라도 지난 학기보다 이십만 원 이상 더 내야 했다.

*

등록금 투쟁은 형식적으로만 있었다. 명맥만 유지하던 학생회는 등록금 투쟁 같은 미시적인 일에 역량을 소진하지 않았다. 학생회가 근본적인 질서의 개혁을 주장하는 사이에, 재단은 신문사가 일 년에 한 번 발표하는 대학 순위를 높이기 위해 대학을 손질했다. 거친 손질 때문에 학생들은 적응만 하기에도 버거웠다. 언론도, 재단도, 기업도, 정부도 각자의 기준대로 손질을 시작했다.

등록금 때문에 휴학하는 동기들이 생겼다. 휴학한 동기들은 깜빡하는 사이에 돌아오지 않았다. 투쟁을 유치하다고 여기는 쪽과 투쟁이 무슨 소용 있겠냐고 포기한 학생들 사이에서 등록금은 꾸준히 매년 올랐다. 등록금 인상은 복리와 같았다. 복리의 함정 속에서 등록금은 빠르게 거대한 괴물이 되었다. 한번 괴물로 자라버린 등록금을 잡을 방법은 없었다. 괴물을 쓰러뜨릴 수 있는 칼은 괴물을 애완용으로 키우는 사람들이 쥐고 있었다.

괴물에게 먹히지 않는 방법은 취직밖에 없었다. 취직과 무관한 일들은 무가치해졌다. 기업들은 취업을 볼모로 잡다한 것들을 끊임없이 요구했다. 영어 성적을 준비하고 나면 한자 시험을 쳐야 했고, 한자 급수를 받고 나면 봉사활동과 인턴 경험을 요구했다. 학생들은 아낌없이 주는 나무가 되어 기업들에게 온갖 것들을 내줘야만 했다. 투쟁에게 시간을 내주려는 학생들은 희소해졌다. 투쟁도 경쟁이었다. 투쟁이 변화의 속도를 따라가지 못하고 제일 먼저 뒤처졌다. 학생들은 숨가쁘고 확실하지 않은 투쟁 대신 계산이 떨어지는 아르바이트를 택할 수밖에 없었다. 시급은, 어쨌든, 시간과 돈을 바꾸는 계산식이었다. 이래도 될까 싶었지만 현재의 현실 때문에 미래에 대해서는 생각할 틈이 없었다. 현실의 구멍은 자꾸만 커져갔다.

주말에도, 평일에도, 방학 때도, 입학하자마자, 대학교 일학년 때부터 아르바이트를 해야만 대학을 다닐 수 있다는 것을 몰랐다. 아르바이트는 선택이 아니라 필수였고 용돈은 쓸 수 있는 돈이 아니라 생존비였는데도.

"엄마, 쟤라도 일 년은 편하게 대학 다니게 해줘. 그리고 바로 입대시키지 뭐. 내가 보낼게."

누나의 말에 엄마는 고개를 끄덕였고, 아빠는 고개를 숙였다. 나는 엿들었다고 고백하는 쪽보다 모른 척 대학생활을 즐기는 편을 택했는데, 더 이상 그럴 수가 없었다.

*

펭귄이 하루에 한 번도 말을 걸어오지 않는 날들이 늘어갔다. 수업을 듣고 아르바이트를 끝내고 오면 펭귄은 나보다도 기진맥진한 상태였다. 엄선된 것들만 넘겨도 펭귄은 숨을 간간히 내쉬며 귀찮아했다. 펭귄의 목소리가 가끔씩 비뇨기과 할아버지보다 노쇠하게 들릴 때가 있었다.

"주말에는 아르바이트가 있어서…… 평일에도 아르바이트가…… 어떻게 알았어? 방학 때도 아르바이트 하려구."

*

긍정의 길을 찾기 위해 돈까스집에서 일했다. 경력자 우대를 써붙이지 않은 유일한 곳이었다. 아르바이트도 툭하면 경력자 우대를 찾아서, 경력이 없으면 아르바이트 중에서도 열악한 아르바이트를 찾아야 했다.

돈까스를 원없이 먹을 수 있었다. 그런데 기름 냄새 때문에 돈까스가 입에 들어가지 않았다. 사장은 매일 남아도는 돈까스를 보면서 안타까워했지만 토하면서까지 먹을 만한 것은 아니었다.

"여긴 회사가 아니야. 우린 패밀리야. 치프라고 불러."

치프는 패밀리레스토랑이라고 주장했지만 평범한 왕돈까스집이었다. 사장을 치프라고 부르고 아르바이트생을 서버라고 불러도 왕돈까스는 왕돈까스였다. 종이만큼 얇은 고기, 마요네즈에 버무린 마카로니, 통조림 완두콩, 중국산 김치와 노란 단무지, 양배추 샐러드가 플라스틱 원형 접시에 한꺼번에 나갔다. 부지런히 돼지고기를 두들기고 빵가루를 입혔다. 냄비에는 치프가 직접 개발했다는 소스가 끓었다. 치프는 좋은 재료를 알뜰하게 사용하면 경쟁력이 있다고 믿었지만 맛은 그저 그랬다. 말없이 돼지고기만 두드리다가 영업이 끝나는 날도 많았다. 장사는 맛과 비례했다.

치프는 나이를 말하지 않았다. 나도 묻지 않았다. 비뇨기과 할아버지한테 묻지 않아도 될 것에 대해 배웠으니까. 사람 좋은 사십대 초반처럼 보였다. 재료를 살펴보고 손질하는 모습은 엄숙했지만 느렸다. 치프는 정확한 분석이 중요하다며 계산기를 두들겼고 엄정한 준법정신이 필요하다며 최저임금을 지켰다. 물론 최저임금보다 더 받지는 못했다. 느리면서 엄격한 치프가 가져가는 돈과 내 월급이 비슷하다는 사실을 알았을 때, 그만둬야겠다고 생각했다. 치프는 정확과 엄정을 강조했지만 차마 공장제 돈까스 소스가 더 맛있다고 말할 수도, 개발한 소스가 좋다고 거짓말을 할 수도 없었다.

친절하게 응대하고, 재료를 알뜰히 사용하고, 부지런히 고기를 두들기고, 열정적으로 소스를 실험해도, 프랜차이즈의 상대는 되지 못했다. 정직하고 착실하게 돈까스집을 운영했지만 편법과 비겁을 튀겨내지 않으면 살아남기 어려웠다. 카레를 함께 냈다가, 멸치국수를 무한리필로 제공했고, 두 명이 오면 콜라 한 병을 서비스로 줬고, 비 오는 날에도 우비를 입고 전단지를 돌렸고, 런치 메뉴를 만들었고, 한가한 시간대에는 배달 서비스를 시작해봤고, 여덟 번 먹으면 한 번 공짜인 쿠폰을 만들었고, 아이들에게 풍선을 나눠줬고, 입간판을 크게 세웠고, 인터넷에 홍보 게시물을 열심히 올렸고, 허벅지만한 거대 돈까스를 밥까지 다 먹으면 돈을 안 받고 기념품까지 주는 이벤트도 벌였고, 그야말로 별짓을 다 해봤는데, 소용이 없었다. 하지 않는 것보다는 나았지만 들인 힘에 비해 매출은 나아지지 않았다. 그러나 하지 않으면 더 빨리 망할 판이었다.

그나마 맥주 덕분에 아슬아슬하게 유지되었다. 똑같은 맥주였지만 부지런히 호스를 관리했기 때문에 다른 가게보다 맛이 좋았다. 치프의 노력과 정성은 맥주에서만 간신히 통했다. 사람들은 돈까스는 몇 조각만 먹고 맥주만 주문하다가 갔다.

"동반입대? 웬만해서는 후회할 텐데."

"재호랑은 웬만하지 않거든요. 동반입대하면 빨리 갈 수 있구요."

"빨리 가려고? 하루라도 빨리 가는 게 낫긴 한데."

"누나가 입대 신청 넣기 전에 가려구요. 치프, 망하지 마세요. 다시 여기서 일하게."

"무슨 소린지. 몸이나 멀쩡하게 다녀와. 패밀리는 쉽게 망하지 않아."

치프는 퇴직금이라며 봉투를 내밀었다. 액수는 적었다. 그래도 나는 친구들 중에서 유일하게 퇴직금을 받은 아르바이트생이었다. 퇴직금은 고스란히 통장에 넣었다. 휴가 나와서 엄마에게 손 벌리는 일은 최소한으로 줄이고 싶었다.

*

군대는 표준이었다. 사유가 있으면 현역으로 군대에 못 갔다. 몸이 불편해도 못 가고 실형 같은 다른 기록이 있어도 못 갔다. 군대는 아마도, 국가가 정한 이십대 남성의 표본이었다.

"서냐?"

자대 배치를 받은 첫날이었다. 재호와 나는 바짝 얼어 있었다. 발기부전이 면제 사유였나? 안 선다고 하면 지금이라도 집에 보내주려나? 집에 가고 싶다. 맥주 한 잔과 치킨 한 조각이면 소원이 없겠다. 집에만 보내주면 치프의 돈까스라도 맛있게 열 장은 먹을 자신이 있는데. 펭귄 한 쪽이 없으면 공익이라는 말이 진짜일까? 굳이 두 쪽까지는 없어도 사는 데 지장은 없을 것 같은데 지금이라도 잘라낼까? 포경수술보다 더 아프겠지?

"아닙니다. 잘 섭니다앗!"

두 주먹을 허벅지 위에 붙였다. 집에 가고 싶지만 이제 와서 집에 갈 수도 없었다. 어색하고 힘찬 목소리로 외쳤다. 군대는 세우라면 세우고 까라면 까야했다. 무조건 할 수 있다고 대답해야 한다고 훈련소에서 배웠다.

고참들은 아무도 웃지 않았다. 총은 훈련소에서 사왔느냐, 탱크 한 대 사게 부모님께 돈 부쳐달라고 해라 같은 농담조차 없었다. 질문을 한 고참들이 나가고 내무반에는 병장 두 명만 남아 묵묵히 텔레비전을 봤다. 우리는 곁눈질로만 대화를 나누다가 알았다. 눈짓으로는 대화를 할 수 없었다. 무슨 뜻인지 답답하기만 했다.

그러고 보니 훈련소에서 펭귄을 보지 못했다. 요즘은 밤에 이상한 짓 하다가 걸리는 놈도 없다고 조교들이 웃었는데, 새벽 발기가 안 되는 일이야 피곤해서 그런 줄 알았고, 우리는 조교들보다 더 크게 웃었는데, 대체 펭귄은 어디로 갔지? 늘

그랬듯이 힘든 일이 생겨서 먼저 튀어버렸나? 의리 없는 동물 같으니, 피곤하다 싶으면 응답도 없고 말이야. 입대 전에도 자주 보기는 힘들었다. 친구끼리 매일 친하게 노는 건 중고등학생이나, 대학교 일학년 때가 전부니까.

힘들면 악수를 확실히 덜 하지만, 힘들면 표 나게 적게 하긴 하지만, 이러다가 코알라나 판다처럼 멸종 위기 동물이 될까 걱정이 들었다. 알고 보면 코알라도 저마다 말하기 힘든 어려운 일이 있겠지. 둘 다 편식도 심하고 느린 놈들인데 얼굴이 귀엽다는 이유로 사랑받고 보호받고 있으니, 사람이고 동물이고 결국 인생은…… 다음 생에는 반드시 코알라나 판다로 태어나는 상상을 하고 있는데 상병 계급장을 단, 낯빛이 착잡한 고참이 와서 다시 물었다.

"너희, 여자 앞에서도 서냐?"

*

재호와 함께 첫 번째 백일휴가를 나왔다. 같이 비뇨기과에 인사를 하러 갔다. 할아버지는 그 사이에 더 늙어 있었다. 할아버지 나이는 짐작도 되지 않지만, 이미 충분히 늙은 것 같은데도, 어딘가 모르게 자꾸만 늙어가고 있었다. 할아버지는 모두 똑같은 할아버지인 줄 알았는데, 덜 늙은 할아버지와 더 늙은 할아버지가 있었다. 우리는 군대 담배 한 보루씩 들고 갔다. 아끼고 아낀 것이었다.

"오늘은 특별히 내가 사지."

"밥값은 스스로 내라면서요."

"군바리는 늘 예외야. 탕수육도 시켜줄까?"

늙으나 젊으나, 백일휴가를 나와서도, 군대 이야기는 무궁무진했다. 짜장면을 먹으며 우리 부대의 전통을, 신날 이야기가 아닌데도 신이 나서 늘어놓았다.

"언제나 군대 이야기는 오십 퍼센트는 거짓말이고, 사십팔 퍼센트는 허풍이지. 자네는 거짓말을 하고 있고 재호는 허풍을 떨고 있군."

"그럼 남은 이 퍼센트는요?"

"이 퍼센트의 진실을 타지 않으면 구십팔 퍼센트의 구라는 아무도 안 믿어. 사람들이 전부 바보는 아니거든."

할아버지는 반 정도 먹다가 짜장면 그릇을 물렸다. 군대 담배의 포장지를 뜯고 한 개비를 꺼냈다. 우리가 탕수육을 먹는 모습을 보면서 할아버지는 연거푸 불을 붙였다. 할아버지의 담배는 어쩐지 더 고소한 연기가 났다. 할아버지는 재호의 이야기를 듣다가 졸기 시작했다. 나는 할아버지 손가락에 걸린 담배를 슬그머니 빼냈다. 재호는 슬그머니 그릇을 들고 나갔다.

비뇨기과를 나와서, 이에 낀 짜장면의 양파조각을 곱씹으며 은행에 갔다. 카드를 넣고 ATM을 조회해보니 생각보다 잔액이 많았다. 기억하는 것보다 삼십일만 원이 더 들어 있었다. 입금자는 알 수 없었다. 재호에게 피곤하다고 말했다.

휴가는 일분일초가 아까웠지만 낮에 마신 소주 때문에 우선 눕고 싶었다. 재호와는 밤에 만나서 술 마시기로 했다.

*

"극비사항인데, 우리 부대는 서지 않고도 백마고지를 점령했지."

"백마고지 말씀이십니까, 김병장님."

"잭슨 중대의 존슨 대위가 눈치챘지. 부대원들 누구도 여자를 사지 않는다는 것을 이상하게 여긴 거야. 존슨은 새벽에 내무반을 염탐했는데, 놀랍게도 사병들 중 새벽 천막을 치는 사람이 한 명도 없었고. 짬밥에 발기부전제를 섞는다는 소문도 퍼지기 전이었는데, 전쟁통에 그런 약을 탈 겨를이 어디 있었겠어. 먹고 죽을 약도 없는데."

"옳으신 말씀이십니다, 김병장님."

"그때는 사람이 죽어나가는데, 서고 안 서는 것쯤이야 문제가 아니었던 거지. 진짜 문제는 우리 부대는 왜, 지금도 안 설까? 고자는 아니야. 그저 중요한 순간에 불능인 거지. 민족의 비극적 상흔이 전쟁후유증으로 여전히 우리에게 남아 있는 걸까? 통일이 되면 설 수 있을까?"

"지당하신 추론이십니다, 김병장님. 역시 김병장님은 김병장님이십니다."

군대 소문이란 대부분 과장이지만, 과장과 헛소리도 때로는 사실이다. 할아버지가 괜히 오래 산 것이 아니었다. 고참이 되자 신병들이 오면 잘 서냐고 물어봤다. 확실히 우리 부대원들은 잘 서지 않았다. 적어도 김병장의 군생활과 내 군생활을 합친 사십 개월 동안은 서지 않는 부대원들이 많았다. 전역을 앞둔 병장도 서지 않았고, 막 상병에 진급한 고참도 서지 않았고, 백일휴가를 다녀온 나도, 재호도 문제가 있었다. 구슬을 박아 넣고 작게 용 문신까지 새긴, 후임이지만 아무도 없는 곳에서는 선임이고 뭐고 때릴 것 같아서 말도 걸기 힘들었던, 우락부락한 강이병도 울먹거렸다. 남달라 보이는 강이병도 남다르지 않구나, 위안을 얻었다.

한 달에 한 번 정도 악수를 했다. 두 달에 한 번 하는, 달을 거르는 부대원도 있었다. 성인 잡지를 들고 화장실에 갔고 몽정한 팬티를 빼는 부대원을 만나면 아무도 못 본 척했다. 실수로 악수 도중 거울에 비친 자신을 보고 악수를 끊었다고 하는 후임도 있었다. 누군가 몽정을 하면 조촐한 회식을 했다. 모두 자신이 싼 것처럼 축하해줬다. 물컹하다고, 악수를 할 때도 기분 나쁘다는 최상병의 고백을 듣자 그의 악마 같은 행동도 측은하게 느껴졌다.

그 문제만 빼면 건강하고 빳빳한 정예 육군이었다. 휴가를 나갔다가 성병에 걸려오는 일은 한 번도 일어나지 않았다. 성군기가 우수하다고 포상도 받았다. 우리는 씩씩하게 포상으로 받은 휴가증을 내려다봤다.

"소대장님도 안 섭니까?"

"음."

"중대장님도? 행정보급관님도?"

"음, 내가 직접 세워본 적은 없지만."

"우리는 왜 이런 겁니까?"

"음, 환경호르몬 탓이 아닐까?"

환경호르몬이라고 하면 다 통했다. 모든 원인과 문제를 떠넘길 수 있는, 만병의 근원처럼 보이는 핑계가 있었다. 환경호르몬은 IMF와 비슷한 시기에 알려졌다. 플라스틱 때문이라고도 했고, 오래된 수도 배관 때문이라고도 했다. 자주 마시는 믹스커피 탓이라고도 했고, 불침번 근무를 서고 먹는 뽀글이 라면 비닐 탓이라고도 했다. 중대장은 나약한 정신 때문이라고 했고 행보관은 뭐가 문제가 됐든 귀찮게 말썽 부리지 말고 몸 성히 전역이나 하라고 했다. 어차피 정확히 뭐가 원인인지 알 수도 없었다. 시간이 지나면 원인은 바뀌었고, 전문가들의 말을 판단할 능력도 없었고, 전문가들끼리의 말도 서로 같지 않았다. 환경호르몬을 두려워하면서도 믹스커피와 뽀글이를 끊는 사람은 없었다. 끊고 참기에는 잠이 오고 배가 고팠다. 믹스커피와 뽀글이가 있어야 군생활을 버틸 수 있었다.

유난히 전우애가 강했다. 거친 훈련도 똘똘 뭉쳐 이겨냈고 내무생활의 부조리도 드물었다. 어쩐지 서로가 서로를 불쌍한 눈으로 바라봤다. 말없이 눈빛이 마주치면 말없이 고개를 끄덕였다. 구타가 없지는 않았지만 묵묵히 때리고 묵묵히 맞았다. 물론 때린 고참은 전역 후에 두 번 다시 보지 않았다. 다시 만나면 둘 중 하나는 죽는 날이니까. 군대까지 갔다 오고 나서 범법자가 되기는 싫었다.

군대에 있는 동안 펭귄은 어쩌다 새벽에만 칭얼거렸다. 북극곰도 거의 보지 못했다. 가끔 보이는 펭귄은 북극곰을 닮아갔다. 느리고 어눌해졌다. 군대는 지루하면서도 바빴다. 펭귄과 북극곰은 없는 편이 군생활하기에 훨씬 편했다. 펭귄과 북극곰의 닮은 점을 깨닫고 나니 전역 전날이었다. 집에 가야 했다. 이제 그만 집에 가라고 했다.

10

굿 이브닝, 펭귄

전역한 첫날 오전엔 세상이 내 것 같았지만 오후부터 바로 불안해졌다. 행복이나 자신감의 유통기한은 스물네 시간도 되지 않았다. 편의점 삼각김밥 유통기한과 엇비슷했다. 무슨 일이라도 하지 않으면 뒤로 밀려날 것 같았는데 할 수 있는 일은 많지 않았다. 비로소 어른이 된 기분이라기보다 군대보다 딱딱한 세상에 내동댕이쳐진 것 같았다.

물론 군대가 좋았다는 말은 결코 아니다. 재입대와 펭귄 중 하나를 선택하라면 과감하게 펭귄을, 펭귄의 한쪽 날개를 포기할 수도 있었다.

사흘을 잠만 잤다. 엉킨 꿈들이 지나갔다가, 화장실을 갔다가, 물을 마셨다가, 다시 이불을 온몸에 휘감았다. 사흘의 마지막 꿈은 재입대하는 꿈이었다. 다른 사람들은 재입대하는 꿈이 악몽이라는데, 꿈속에서도 항의하다가, 그러면서도 군생활을 하다가 깬다는데, 어째서인지 나는 꿈속 훈련소에서 담담하게 훈련을 받았다. 훈련을 받는 게 당연한 일처럼 느껴졌고 차라리 안도감이 들었다. 마침내 비명을 지르면서 깼지만.

정신을 차려보니 새벽 다섯시였다. 천천히 눈에 들어온 내 방은 입대 전 그대로였다. IMF 덕분에 생겼던 내 방 그대로였다. 그동안 가구 하나 달라지지 않았다. 초등학교 때 쓰던 책상은 그대로였고 고등학생 때 의자만 새로 샀었다. 벽지 한 번 새로 바르지 못했다. 엄마는 나중에 누나가 결혼하게 되면, 매형이 인사를 오면 그때 새로 도배해야겠다고 지나가는 말처럼 중얼거렸다. 나는 얼굴도 모르는 매형을 불쌍히 여겼다.

잠들면 또 군대 꿈을 꿀 것 같아서 벌떡 일어났다.

*

"패밀리마트도 패밀리는 패밀리잖아."

치프는 돈까스집 대신 편의점을 차렸다. 치프는 아내와 둘이서 교대로 편의점을 지켰다. 치프도, 치프의 아내 눈에도 너구리가 살았다. 치프는 본사 좋은 일만 시킨다고 투덜거리면서도 그만두지 못했다. 지금이라도 접느냐, 빨리 망하느냐, 천천히 망하느냐, 어떻게든 버텨보느냐를 매일 계산하면서 하루를 보내고 있었다. 어쨌든 편의점은 망하기 직전까지 문을 닫을 수 없으니, 치프에게 하루의 끝은 없었다. 치프에게는 매일이 매일이었고 삼백육십오 일도 매일이었다.

삼각김밥을 사러 갔다가 부부가 심하게 말다툼을 하는 장면을 멀리서 보고 돌아왔다. 치프는 건강해야만 버틸 수 있다며 포도즙을 입에 물고 살았다. 편의점에 갈 일이 있으면 멀어도 치프의 패밀리마트에 갔다. 삼각김밥 하나를 더 산다고 치프에게 도움이 되지는 않았다. 어쩌다 치프에게 급한 일이 생길 때면 대신 편의점을 봐주기도 했다. 치프는 삼십 분을 보더라도 꼬박꼬박 최저시급대로 계산해줬다.

휴대전화가 조금 더 좋아졌고, 학점 받기가 더 어려워졌고, 아빠 직장이 다시 달라져 있었다. 짧게는 사흘, 길게는 반년이었지만 아빠는 어떻게든 매번 직장을 구하긴 구했다. 직장이라고 부르기에 민망한 일도 있었지만. 바뀌지 않은 것은 엄마의 마트 캐셔 일이었다. 엄마는 여러 마트를 떠돌긴 했지만 정규직보다 더 오래 정규적으로 일했다. 엄마는 우리나라의 모든 마트에 대해서 잘 알았다. 누나도 바뀌었다. 졸업한 누나는 초등학교 선생님이 되자마자 출퇴근을 이유로 집에서 탈출했다. 혼자 살면 위험하다던 아빠도 이번에는 반대하지 않았다. 반대해봤자 소용없었다.

누나는 가끔 엄마를 통해 용돈 십만 원을 비정기적으로 보내왔다. 돈을 받는데 미안하고 부끄러웠다. 이따금 집에 와서도 누나는 용돈 준 이야기는 꺼내지도 않았다. 독립한 누나가 부럽기도 했다. 누나는 부모님이 뭐라고 해도 명절날이 아니면 집에 오지 않았다. 자주 오지 않는다고 부모님이 뭐라고 하면 명절날에도 집에 오지 않았다. 눈치만 줘도 단호하게 한 달이고 두 달이고 연락을 끊고 살았다. 엄마만 누나와 가끔 전화를 했다. 민달팽이가 문제가 아니라는 것을, 누나가 나를 싫어하지 않을 수 없다는 사실을 뒤늦게 알았다.

재호는 대학을 그만뒀다. 아무래도 대학은 쓸모없는 것 같다고 자신 없는 전화를 걸어와서 말했다. 동감하면서도 따라 할 용기가 없었다. 이때까지 쓴 학비가 아까워서라고 대답했지만 앞으로 들어갈 돈은 더 많았다. 재호는 공무원 시험을 준비하겠다며 노량진으로 갔다. 충무공의 마음으로 공무원 시험 준비에 임하겠다고 했다. 대학을 다녀도 공무원 시험, 대학을 졸업해도 공무원 시험이었다. 남들처럼 졸업장이라도 따지 않으려니 불안했다. 남들처럼 공무원 시험을 치지 않는 것도 불안했다. 충무공 지망생이 너무 많았다. 안 그래, 펭귄?

"어머, 오빠 저 그 영화는 봤어요. 그 영화도 봤는데……
네, 오빠 즐거운 하루 보내요. 저 수업 들어가요. 네, 안녕히,
바이바이."

아직 개봉도 안 한 영화인데.

봤다니까 봤겠지. 분명히 불법 다운로드일 거야. 두 번 소
개팅을 했다. 상대방의 번호를 지웠다. 단지 영화를 같이 보고
싶었을 뿐이었는데. 소개팅한 날이라도 친절하게 웃어줘서 고
마웠다. 그거면 충분했다.

꼭 보고 싶은 영화가 있으면 재호에게 전화했다. 재호는 투
덜거리면서도 언제나 영화관 앞에 먼저 나와 있었다. 군대에
있을 때보다 더 자주 보는 게 아닌가 싶었다. 미안해서 팝콘
은 내가 샀다. 양심상 또 불러내기 미안한 날이면 혼자 보러
갔다. 영화는 계속 개봉했고, 새로운 이야기도 끊임없이 나왔
다. 죽을 때까지 쌓여 있는 영화가 있었고 아무래도 다 볼 수
없는 영화도 있었다.

혼자 영화를 본 날이면 수진이가 생각났다.

혼자 영화 보는 것도 나쁘지 않았다. 팝콘 맛을 내 마음대
로 고를 수 있었고, 남의 손 부딪힐 염려 없이 한 통 다 편하게
먹을 수 있었다. 팝콘을 잔뜩 먹은 날에는 입맛이 없으니 밥값

도 굳었다. 집까지 천천히 걸어오다 보면 다시 배가 고팠다. 그치, 펭귄?

*

영화관 앞에는 야구연습장이 있었다. 1층은 주차장이고 그 위에 얼추 가건물처럼 꾸며놓은 곳이었다. 얄팍한 철제 계단을 밟으면 금방이라도 발이 빠질 것 같았다. 딱, 딱 하는 소리가 고요하게 들렸다.

잔돈을 바꾸러 갔더니 주인 아저씨는 부스 안에서 졸고 있었다. 매표소 같은 작은 유리창으로 보이는, 졸고 있는 주인 아저씨는 비뇨기과 할아버지 같았다. 정신 차리지 않으면 금방이라도 넘어질 것 같은 고물 의자에 앉아서 주인 아저씨, 아니 주인 할아버지의 잠이 깰 때까지 기다렸다. 한참 지났을까, 초등학생들이 들어와서 할아버지가 정신을 차렸다.

"거봐, 내가 저 형 못 칠 줄 알았어."

나도 처음 친다고. 누군 나면서부터 잘 치냐? 뒤돌아서 슬며시 노려봤는데, 초등학생은 똑바로 쳐다보면서 비웃고 있었다. 참자, 자랑스러운 대한민국 예비역 병장이 초등학생하고 싸울 수야 있나. 초등학생이야, 초등학생.

다시 돈을 넣고 방망이를 휘둘렀지만 쉽지 않았다. 알루미

늄 방망이에 공이 맞으면 깡 하는 소리가 듣기 좋았다. 깡, 깡 소리를 연속해서 들을 때면 대상도 없는 약간의 용기가 났다가, 다시 휭, 휭 하고 헛스윙을 하면 어깨가 결렸다.

다음번에도, 그 다음번에도 영화를 보고 나면 야구연습장에 갔다. 처음에는 하나도 맞추기 힘들었는데 자꾸 치니까 조금 공을 건드릴 수 있었다. 시원하게 안타를 치기도 하고 다시 헛스윙을 하기도 했다. 하다 보면 익숙해지겠지. 개인 장갑과 방망이를 들고 야구연습장에 오는 아저씨도 있었다. 아저씨는 눈빛으로 내 자세를 고쳐주었다. 우리는 나란히, 묵묵히 방망이를 휘둘렀다. 주인 할아버지는 계속 졸고 있고.

될 수 있으면 초등학생들이 안 보일 때 올라갔다. 보는 시선이 많으면 정신 사나워서 방망이를 휘두르기 힘들었다. 돈이 아까울 때도 있었지만 야구연습장은 그만두기 싫었다. 펭귄, 그나마 이건 재밌지?

*

"취직해야지."

금, 은은 졸업반이었다. 동은 어학연수를 갔다. 어느 나라보다 유학비가 제일 많이 든다는 영국으로 갔다. 그러거나 말거나. 숱한 대학생들이 어학연수를 가는 것처럼 보여도, 그것도 갈 수 있는 사람들 소문이었다. 어학연수와 거리가 먼 학생들은 세계지도에서 영국과 미국과 호주의 도시들을 짚었다. 나는 필리핀의 여러 섬들을 손가락으로 찾아보며 만족해했다. 워킹홀리데이로 호주 바나나 농장에라도 갈까 싶었다. 하긴, 워킹홀리데이라면서 어학연수 겸 외국에 갔다 오는 대학생들도 있었지만 그건 어디까지나 워킹이었다. 다녀와서 할 줄 아는 영어라고는 스트로우베리, 아임 헝그리밖에 없었다. 드물게 돈과 영어를 함께 가지고 오는 경우도 있었지만, 일만 하고 짧은 영어만 조금 배워오는 대학생도 많았다.

은은 여전히 잘 먹었다. 여전히 다이어트를 하고 있었다. 은이 먹는 속도를 맞추기 위해 부지런히 삼겹살을 구웠다. 기름이 타는 냄새가, 앉아 있을수록 약간 미끈해지는 얼굴이, 쌓여가는 불판이 있었다. 같이 삼겹살을 먹어주고, 복학생 불쌍하다고 삼겹살을 사주는 은이 고마워서 열심히 구웠다. 은은 삼겹살 하나 제대로 못 굽냐고 타박했다. 삼겹살은 천천히 구워지다가 갑자기 타버렸고, 부지런히 속도를 맞추지 않으면 설익거나 딱딱해졌다. 내가 삼겹살 같았다. 익기는 익어가는 것 같은데, 조금만 아차하면 타버리거나, 시꺼먼 불판 위에서 부스러기처럼 뒹굴고 있었다. 은은 취업 원서를 백 장은 써야 될 것 같다고, 이제 칠십 장 썼다고 했다. 그래도 넌 남자니까 조금 나을 거라고, 이삼 년 후에는 뭐라도 나아지지 않겠냐고 했다. 은은 쓸데도 없다며 전공 교재들을 싸게 넘겨주었다. 은은 전공은 아무 도움도 되지 않았다고 했는데, 그럼 뭘 공부하면 도움이 되겠냐고 물었더니 입을 다물었다. 시험기간에 전공 교재들을 넘겨보면 은의 대학 시절들이 간간이 보였다.

　캠퍼스에 우두커니 앉아 있으면, 강의실을 혼자 나오면, 점심을 혼자 먹고 다시 캠퍼스에 우두커니 앉아 있으면, 도서관에서 공부하다가 담배를 피우러 나오면, 리포트를 다 쓰고 컴퓨터를 끄고 잠자리에 누우면, 펭귄을 만지작거리다 귀찮아서 그냥 잠이 들면, 가끔 게임하느라 과제를 잊으면, 아르바이트로 받은 돈을 모아서 대출한 등록금을 갚고 영수증을 받으면, 다 갚았다는 영수증을 괜히 벽에다가 하나씩 붙여두면, 벽에 영수증을 붙이는 것보다 대출 이자 갚기가 더 힘들어지면, 빌리는 속도를 갚는 속도가 도저히 따라갈 수 없게 되면, 아르바이트를 해도 대출금이 더 늘어나는 상황만 마주하게 되면, 집에 가도 아빠와 갈수록 대화가 없어지면, 아빠에 대한 여러 가지 착각이 들면, 성적을 확인하고 다시 아르바이트를 나서면…… 있었다. 뭔지 모르겠지만. 어쨌든, 어떻게든 살아가려면, 자기혐오는 잠깐으로 끝내고 다른 길을 찾아야 했다. 누구도 자신을 영원히 미워할 수는 없었다.

　등록금을 갚거나 빌릴 때면 이유 없이 죄책감이 몰려들었다. 사회에서는 어디까지나 네가 선택한 결과라고, 성인은 자기가 한 일에 책임을 져야 한다고, 그게 당연한 것이라고 했다. 나는 어느 회사에 취직해서라도, 커피를 타라면 커피를 타고, 사장 자가용을 세차하라면 세차를 하고 싶었다. 문제는 커피를 타는 사람도, 세차를 하는 사람도 뽑지 않는다는 것이었다. 나도 커피를 타고 싶어요. 깨끗하게 차를 청소할 수 있습니다, 라고 중얼거렸다.

재호의 팬티에서 떨어지던, 눈송이 같았던 음모가 떠올랐다. 철인 28호가 되고 싶었는데. 철인 28호를 조종하려면 아빠가 김박사나 악당의 우두머리 정도는 되어야 했다. 철인 28호고 뭐고, 뭐라도 되면 좋겠다. 철인 1호나 2호쯤일까. 만화에서 얼굴이 다 똑같은 엑스트라 연구원도 사실은 다 전문직이겠지? 괜찮아, 복학생이니까.

펭귄?

*

고구마를 먹고 살았다. 고구마 다이어트라나, 누나가 실수로 자신의 자취방에 주문할 고구마를 집으로 보냈다. 다시 택배로 부치는 것도 번거로워서 그냥 먹어치우기로 했다. 엄마는 고구마끼리 상하지 말라고 층층이 신문지를 넣어줬다. 고구마 옆에는 고구마가 있고 고구마 아래와 위에도 고구마가 있었다. 아빠는 어렸을 때는 고구마도 없어서 못 먹었다며 꾸준히 먹었다. 가끔 아빠가 고구마인지 고구마가 아빠인지 헷갈렸다. 아침에도 아빠는 식탁에서 고구마를 우물거리고 있었고 한밤중에도 텔레비전을 보며 고구마를 삼키고 있었다.

이놈들은 박스 속에서 몰래 번식하는 게 틀림없었다. 그렇게 먹어치우는데도, 도대체 줄지가 않았다. 줄기는커녕 오히려 늘어나고 있었다. 분명히 아침에도 고구마를 먹었고 점심에도 고구마를 먹었고 저녁에는 고구마밥까지 지어 먹었는데.

다시 태어나면 고구마가 되지 않을까. 감자로 태어나는 건 어때? 고구마보다는 다양한 진로가 있겠지. 아버지, 저는 꼭 후렌치후라이가 되고 싶습니다. 뭐야! 이 후레자식 같으니! 내 눈에 흙이 들어가기 전에는 허락할 수 없다! 감자는 결국 아버지의 반대를 이기지 못하고 포카칩의 길을 선택하지만 요즘 감자칩의 대세는 감자가 아니라 질소였고, 이어서 밝혀지는 출생의 비밀에서는 호박고구마가……

누나는 분명 호박고구마일거라고 했는데, 물에 씻고 나면 밤고구마였다. 역시 밝혀지는 출생의 비밀…… 하다하다 고구마까지 사기를 치는구나. 고구마를 먹으면 게을러지고 싶었다. 어디 두꺼운 박스에 기어들어가서 고구마처럼 자고 싶었다. 골판지 박스 안에서 신문지를 덮고 자면 습하지도, 건조하지도 않고, 적당히 따뜻할 것 같았다. 담배도 고구마처럼 몰래 번식 좀 하면 좋겠는데. 고구마를 꾸준히 먹은 아빠는 뱃살이 빠지는 것 같다고 좋아했지만 여전히 아랫배가 나와 있었다.

고구마, 같은 복학생으로 살았다. 참, 펭귄, 고구마 좋아해?

*

"공부는 잘 돼?"

"다른 건 몰라도 공무원 시험 준비는 확실히 적성에 안 맞는 것 같아."

"그렇게 보여."

"자퇴 말고 휴학할 걸 그랬나?"

"언제는 배수진이라더니."

"노량진이니까 배수진을 치고 죽기 살기로 싸우면 붙을 줄 알았지."

"나랏일 하려는 놈이, 배수진은 명량이고 인마. 내가 이순신이면 일본놈을 뽑으면 뽑았지 넌 안 뽑는다."

"재입학하면 받아주겠지?"

"하지 마. 제발."

"그냥 해본 말이야. 안 할 거야. 거긴 미래가 없어."

"어차피 미래가 보이는 일은 없어."

"알아. 그래도 하다 보니 하는 거야. 공부도 관성이더라고.

습관처럼 하면 하고, 멈추면 영원히 멈추게 되니까."

"관성 같은 소리 하지 말고 국사 연표나 외워. 물리학은 공무원 시험에 안 나오잖아."

"너 요즘도 야동 봐?"

"보긴 보지."

"우리 할아버지는 돌아가실 때까지 방 두 칸짜리 집에서 사셨거든. 근데 난 삼촌이 넷에 고모가 둘이야. 그럼 할아버지 할머니는 어디서 삼촌과 고모들을 만드셨지?"

"야외? 갑자기 할아버지는 왜?"

"그냥. 야동을 안 보고 살았던 때도 있었구나 싶어서. 야동과 섹스는 반비례관계인가, 정부의 야동 규제는 떨어지는 출산율에 대한 음모인가, 뭐 그런 거. 야동 보고 나면 몇 시간 동안은 부처님 마음도 부럽지 않잖아."

"하라는 공부는 안 하고 독서실에서 그런 생각만 하냐."

"이런 생각이라도 안 하면 답답해서 미칠 것 같거든. 내일부터 출근이지?"

"그래봐야 인턴이야."

"그럼 오늘 술은 네가 사는 거지?"

"월급이나 제때 주면 좋겠다."

"월급이 있기는 있어?"

"몰라. 기회를 줬으니 고맙지 않냐던데, 주긴 주겠지."

출근 전날이라 일찍 집에 들어왔다. 잘할 수 있으려나. 왜 회사는 월급 이야기를 하지 않았고, 왜 나는 물어보지도 못 했을까. 첫 출근인데 아무 기대도 들지 않았다. 그런데, 펭귄, 언제까지 대답 안 할 거야?

*

복사도 제대로 할 줄 모르냐고, 대체 요즘 대학에서는 뭘 가르치는지 모르겠다는 대리가 있었다. 나는 대리님은 복사 과목 학점으로 A를 받았냐고 묻는 대신, 죄송하다는 표정을 지을 수밖에 없었다. 대리도 복잡한 복사는 깔끔하게 하지 못 했다. 복사를 잘하게 되자 회사는 한 달 동안 복사만 계속 시 켰다. 인턴을 하는 건지 복사집에 취직한 건지 알 수 없었다. 어떤 날은 복사가 진정한 내 적성이 아닐까 고민했다.

다른 일을 시킬 때면 시키는 쪽이 더 거만해졌다. 다른 일 사이에 은근슬쩍 개인적인 심부름도 끼워져 있었다. 대리가 나를 미워하는 건지, 내가 미움을 받고 있는 것도 모르고 있 는지 의심이 들었다. 다들 그러면서 배우는 거라는데, 이러면 서 배워야 하나 싶었고, 이제 와서 다른 인턴 자리를 구할 여 력도, 시간도 없었다. 좋은 회사의 인턴은, 인턴에 합격하는 게 입사만큼이나 쉽지 않았다. 다들 첫 단추가 중요하다고 했는데 이미 단추의 절반이 깨져 있었다.

언젠가는 도움이 될 수도 있을 거라고, 좋은 게 좋은 거니까, 좋게 생각하자고 애써봤지만 일은 힘들고 따분했다. 당차게 짐을 싸고 그만두는 인턴을 보면서 담배를 피웠다. 잘하면 정규직으로 전환된다고 하지만 정규직 중에 단 한 명도 그런 경우가 없었다. 사장은 외제차를 몰고 가끔씩만 회사에 나타났는데, 회사가 망하지 않고 굴러가는 게 신기했다.

거래처에 다녀오라면 다녀왔다. 좋아 보이는 거래처도 있었고 더 나빠 보이는 거래처도 있었다. 사무실이 지하에 있는 경우도 있었고 고층빌딩 중간에 있는 경우도 있었다. 출근길에는 모두 똑같아 보이는 사람들이, 각자 다른 사무실에서, 결국 비슷해 보이는 일을 하고 있었다.

퀵 서비스를 불러야 할 일을 지하철을 타고 갔다 왔다. 꼭 회사에 다시 들렀다가 퇴근을 하라고 했다. 그래도 하루 종일 복사만 하는 것보다는 심부름이 나았다. 복사를 하면 아무 말도 할 수가 없었다. 하긴, 하루 종일 복사만 했는데도 집에 갈 때면 아무 말도 하고 싶지 않았다. 커피를 타라면 커피를 타고, 자가용을 세차하라면 세차를 하겠다는 마음은, 거짓이었다. 커피숍에서 일하고 세차장에서 일한다면 할 수 있지만, 회사에서는 싫었다. 그것도 인턴으로는. 펭귄, 너도 싫지?

취해 있었다. 선배가, 친구가, 누군가 술을 샀다. 술에 절어 집까지 기어왔다. 간신히 취직을 한 선배가, 친구가, 누군가가 있었는데 진심으로 축하해주기는 어려웠다. 불행 중 다행으로 행복한 선배, 친구, 누군가보다 불행한 선배, 친구, 누군가가 더 많았다. 아니, 불행도 행복도 드러나지 않는 사람들이 제일 흔했다.

누가 등을 두들겨준 기억과 뭔가 말을 걸었던 기억이 났다. 뭐라고 대답은 했던 것 같은데, 간신히 정신을 더듬다 보니 내 방이었다. 머리맡에 따서 한두 모금쯤 마신 캔맥주가 있었다. 목이 말라서 미지근해진 맥주라도 마셨다.

"술 좀 깼어?"

펭귄이 일어서 있었다. 습관적으로 펭귄을 안으려는데 펭귄이 고개를 저었다. 보일러가 또 고장났나? 바닥이 차가워서 그런지 머리가 지끈거렸다. 불을 켜려다가 기분이 이상해서 펭귄을 내려다보았다. 깜깜했는데 펭귄의 얼굴이 보였다. 펭귄의 얼굴을 보자 무슨 말을 할지 알 것 같았다.

본 적이 있는 표정이었다. 수진이의, 재호의, 아빠엄마의, 누나의, 비뇨기과 할아버지의, 은의, 치프의 얼굴에서 한 번씩 지나갔던, 볼 때마다 있었던 그 표정이었다. 언젠가부터 아침에 거울을 볼 때마다 봤던 그 표정이었다.

처음에는 낯설었지만 이제 아무것도 느껴지지 않는, 눈과 입술과 볼이 약간씩 처진 것 같은, 표정. 말을 걸어줘야 할 것 같은데 입이 떨어지지 않는 표정. 보고 있으면 힘내라는 말만 간신히 건넬 수 있는 표정. 괜한 말을 했다고 후회하게 되는 표정이었다.

*

"갑자기 끝나는 만화영화 못 봤어? 매일 계속 이어질 것 같았는데 갑자기 다음 회가 마지막 회라는 안내가 나오고. 그런 거야."

펭귄이 기침을 했다. 발그레한 얼굴이 새삼 눈에 들어왔다. 술을 너무 많이 마셨나보다. 펭귄이 다 예뻐 보이다니. 잘생겼다. 누구보다 매끈하고, 번개 모양의 흉터도 어딘가 지적이고, 비뇨기과 할아버지 말대로 평균보다는 못하지만, 아주 작은 것도 아니고. 괜히 펭귄과 눈 마주치는 게 어색했다.

"언제나 좀 빨랐잖아?"

아냐. 잘 몰라서 하는 말 같은데, 남들보다 빠르지는 않았어. 너는 최선을 다했고 나도 별반 다르지 않았어. 우리는 충분히 괜찮았어. 나는 펭귄의 눈을 피하면서 속으로만 대답했다. 정말이야, 펭귄.

"누가 물어보면 환경호르몬 때문이라고 해."

한 번도 마지막 날을 생각해보지 못했다. 마지막은 천천히 찾아올 수도 있고, 갑자기 뛰어나올 수도 있는데. 펭귄 말이 맞았다. 천천히 끝나는 것도, 연재 중단도, 모두 마지막회는 마지막회였다. 펭귄이 조금씩 줄어들었다. 몰캉해졌다. 안 돼, 죽으면 안 돼, 펭귄. 펭귄의 볼을 때리고 꾹꾹 문질렀다.

펭귄이 졸린 목소리로 말했다.

"좋아지면 다시 올게."

좋아지면? 언제? 영영 안 좋아지면?

"같이 있으면 둘 다 못 할 것 같아서."

나는 할 만큼 했는데.

펭귄이 처음으로 착하게 웃었다. 펭귄에게 펭귄하는 것도, 펭귄에게 펭귄하지 않는 것도 어려웠다. 펭귄은 말하면서 또 줄어들었다. 펭귄을 살리려면 열심히 문지르는 수밖에 없었다.

알겠어, 펭귄. 아무 말 안 해도 괜찮아, 펭귄. 모를 수가 없 잖아, 펭귄. 죽지 마. 죽지 마. 평균대로 못 살면 어때, 변덕쟁이지만 화끈할 때도 있고, 수줍음도 많고…… 그러니까 펭귄, 이대로 살자. 둘이서 이대로만 살자.

북극곰은?

"땄어, 곰탱이. 너한테 인사도 못 하고 죽는 줄 알았어. 마지막 선물이니까 받아둬. 고맙다는 말은 다음에 해."

펭귄의 오른쪽 어깨가 살짝 찢겨 있었다. 어깨털을 천천히 쓰다듬었다. 부드러웠다. 신나서 린스로 몸단장을 하던 펭귄 생각이 났다.

"아웅다웅 같이 살고 싶지만, 에취."

털이 은빛으로 반짝였다. 하얀 정장이었다. 펭귄은 흰 털 생긴 것도 몰랐지? 하면서 웃었다. 나는 펭귄의 어깨를 다시 쓸어내렸다. 자꾸만 쓸어내렸다. 내가 할 수 있는 일은 펭귄을 쓰다듬는 것밖에 없었다. 한 번도 차가웠던 적이 없는 펭귄인데 유난히 몸이 차가웠다.

"가져간 거, 돌려줄게."

뭘?

"오늘부터 생각은, 네가 해."

펭귄이 숨을 헐떡이더니 갑자기 단단하게 일어섰다.

무리하지 마. 난 괜찮아, 펭귄.

"나도 괜찮아."

펭귄은 역사상, 가장 거대하게 커져 있었다.

처음이면서 마지막이었다. 펭귄만 생각하며 악수를 했던 것은. 다른 누구도, 무엇도 생각하지 않았다.

내가 있던 곳에 펭귄이 있었다. 펭귄이 없는 곳에는 나도 없었다. 펭귄과 함께 키가 컸고 몸무게가 늘었고 수염이 났다.

중학교도, 고등학교도, 입시 공부도, 대학생활과 군생활까지, 옆에는 펭귄이 있었다. 스페이드 8도, 알렉산드리아 도서관의 야설도, 종교도, 세기말도, 수진이도, 크리스마스도, 야동도, 월드컵도, 대학도, 군대도, 비뇨기과마저도 함께였지만, 무엇보다 펭귄이 있었고, 펭귄이 있어서 버텨나갈 수 있었다.

펭귄이 부르르 떨었다.

나는 운동장 한가운데에 서 있었다. 바람은 차고 밤하늘은 맑았다. 철봉과 미끄럼틀이 어스름히 보였다. 바람이 천천히 불었고, 별빛이 아득했다. 바람이 가라앉고, 별빛이 미끄럼틀 너머에 떨어졌다. 눈 속의 어둠이 걷히기 시작했다.

펭귄이 부르르 떨었다.

하나부터 열까지 죄다 비워버린, 상쾌하면서도 시원섭섭한 기분이었다. 진한 냄새에 잠깐 아찔해졌다. 펭귄은 졸린 듯 눈을 감았다. 서서히 작아졌다. 처음 본 그날처럼 줄어들었다. 손바닥이 펭귄보다 컸고 줄어드는 펭귄은 새끼손가락에도 미치지 못했다. 펭귄의 얼굴을 한참 쳐다봤다.

그러니까, 인사를 해야 했다.

"굿 이브닝, 펭귄."

작가의 말

고백하자면, 소설을 쓰기 전 '작가의 말'을 먼저 쓰는 버릇이 있다. 고백하자면, '작가의 말'을 쓰기 위해 소설을 쓴다. 그런데 『굿 이브닝, 펭귄』은 무슨 말을 써야 할지 도저히 떠오르지 않았다. 어쩔 수 없이 소설을 먼저 쓰기 시작했다. 소설을 먼저 쓰고 작가의 말을 쓰다니, 순서가 반대인 것 같지만 방법이 없었다.

말하자면 이런 식이다. 소설을 쓰다가 산책하는 펭귄이 있는 동물원을 수소문해서 찾아갔다. 동물원 직원은 광고와 달리 사실 펭귄은 흉측한 놈들이니 맨정신으로 면회는 무리라고, 동물원 특산 맥주를 한 병 마시고 입장하라고 했다. 야외에서 빈 맥주병을 들고 기다리다가, 펭귄 무리를 보자, 비로소 소설 한 편이 머리부터 발끝까지 지나갔다. 그래, 얘들이구나. 나오면서 맥주값보다 비싼 펭귄 인형도 샀다. 그런데 펭귄이 주인공이라면, 무슨 이야기를 하지?

일화가 하나 더 있다. 이야기를 간신히 다 마치고 나니까, 왜 이 소설을 썼냐고 묻는 사람이 있었다. 나도 잘 몰랐는데 이제야 답을 한다. 소설은 꿈과 비슷하다. 꿈을 꾸는 나와 꿈 속 주인공이 같은 사람은 아니다. 같다면 견딜 수 없다. 그러나 꿈속 인물들은 꿈을 꾸는 사람과 무관하지 않다. 좋은 꿈이 무엇인지 답하기는 어렵다. 즐거운 꿈은 좋지만 슬픈 꿈도 필요하다. 가끔이라면 악몽도 도움이 된다. 꿈 한 번 꾸지 않고 숙면하는 사람이 부럽지만, 조금도 꿈을 꾸지 않는다면 심심할 것이다. 꿈에서야 비로소 자신을 바라보는 경우도 있다. 자신이 낯설어지는 순간이다. 꾼 꿈을 기억하기는 어렵다. 깨어나는 순간 대부분의 꿈을 잃어버린다. 점심 먹을 때쯤이면 꿈을 꿨다는 사실조차 기억나지 않는다. 그래도 간혹 남아 있는 어떤 꿈은 있다. 이 꿈 이야기가 소설을 쓴 이유가 되길 바란다. 물론, 왜 이 소설을 썼냐고 물었던 사람은 나 자신이었다.

다른 소설 '작가의 말'에서 "아무리 훌륭한 투수라도 결정구로만 던질 수는 없다. 마음 편하게 먹자. 한두 번 맞는다고 지는 건 아니다"라고 쓴 적이 있다. 마음 편하게 먹는 건 좋은데, 한두 번 맞는다고 시합에서 지는 건 아닌데, 그날은 마운드에서 내려와야 한다는 것은 몰랐다. 강판당하기 싫으면 공 하나를 던질 때 나 자신을 같이 던져야 했다. 한 번도 글을 쓰는 게 쉬웠던 적은 없지만, 『굿 이브닝, 펭귄』은 유난히 고치고, 의심하고, 고민했던 소설이다. 다른 모든 소설에 들어갔던 것보다 많은 시간과 노력이 들어갔다. 덕분에 부족한 것은 채우고, 잘못된 점은 고쳐나가는 사람이 되어가려고 버둥대고 있다. 처음으로 소설쓰기가 남의 일이 아니라는 것도 배웠다. 조금이라도 나은 소설을 쓸 수 있다면, 더 애쓰는 작가가 되겠다. 그럼 이제,

펭귄,

가서 사람들을 콱 물어버려.

김학찬

굿 이브닝, 펭귄

초판 1쇄 인쇄 2017년 5월 8일
초판 1쇄 발행 2017년 5월 15일

지은이 김학찬
펴낸이 김선식

경영총괄 김은영
책임편집 이승환 **책임마케터** 최혜진
콘텐츠개발2팀장 김현정 **콘텐츠개발2팀** 김정현, 문성미, 이승환, 정민교
전략기획팀 김상윤
마케팅본부 이주화, 정명찬, 최혜령, 최혜진, 최하나, 김선욱, 이승민, 김은지, 이수인
경영관리팀 허대우, 권송이, 윤이경, 임해랑, 김재경
외부 스태프 디자인 김형균

펴낸곳 다산북스 **출판등록** 2005년 12월 23일 제313-2005-00277호
주소 경기도 파주시 회동길 357 3층
대표전화 02-704-1724 **팩스** 02-703-2219 **이메일** dasanbooks@dasanbooks.com
홈페이지 www.dasanbooks.com **블로그** blog.naver.com/dasan_books
종이 한솔피앤에스 **인쇄** 민언프린텍 **제본** 정문바인텍 **후가공** 평창P&G
ISBN 979-11-306-1230-0 (03810)